眼是情媒，心為欲種

打開傳說中的書
About ClassicsNow.net

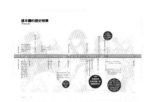

關鍵時間、人物、地點,在書前有簡明要點。

「1.0」:以跨越文字、繪畫、攝影、圖表的多元角度,破解經典的神秘符號。

「2.0」:以圖像來重現原典,或者重新做創作性的詮釋。

　　大約一百年前,甘地在非洲當律師。有天,他要搭長途火車,朋友在月台上送了他一本書。火車抵站的時候,他讀完了那本書,知道自己的未來從此不同。因為,「我決心根據這本書的理念,改變我的人生。」

　　日後,甘地被稱為印度聖雄的一些基本理念與信仰,都可溯源到這本書*。

　　◎

　　閱讀,可以有許多收穫與快樂。

　　其中最神奇的是,如果我們有幸遇上一本充滿魔力的書,就會跨進一個自己原先無從遭遇的世界,見識到超出想像之外的天地與人物。於是,我們對人生、對未來的認知與準備,截然改觀。

　　◎

　　充滿這種魔力的書很多。流傳久遠的,就有了「經典」的稱呼。

　　稱之為「經典」,原是讚嘆與敬意。偏偏,敬意也容易轉變為敬畏。因此,不論中外,提到「經典」會敬而遠之,是人性之常。

　　還不只如此。這些魔力之書的內容,包括其時間與空間的背景、作者與相關人物的關係、遣詞用字的意涵,隨著物換星移,也可能會越來越神秘,難以為後人所理解。

　　於是,「經典」很容易就成為「傳說中的書」——人人久聞其名,卻沒有機會也不知如何打開的書。

我們讓傳說中的書隨風而逝，作者固然遺憾，損失的還是我們。

每一部經典，都是作者夢想之作的實現；每一部經典，都可以召喚起讀者內心的另一個夢想。

讓經典塵封，其實是在封閉我們自己的世界和天地。

◎

何不換個方法面對經典？何不讓經典還原其魔力之書的本來面目？

這就是我們的想法。

因此，我們先請一個人，就他的角度，介紹他看到這部經典的魔力何在。

再來，我們以跨越文字、繪畫、攝影、圖表的多元角度，來打開困鎖住魔力之書的種種神秘符號。

然後，為了使現代讀者不會在時間和心力上感受到太大壓力，我們挑選經典原著最核心、最關鍵的篇章，希望讀者直接面對魔力之書的原始精髓。此外，還有一個網站，提供相關內容的整合、影音資料、延伸閱讀，以及讀者互動的可能。

因為這是從多元角度來體驗經典，所以我們稱之為《經典3.0》。

◎

最後，我們邀請的就是讀者，您了。

您要做的唯一的事情，就是對這些魔力之書的光環不要感到壓力，而是好奇。

您會發現：打開傳說中的書，原來就是打開自己的夢想與未來。

「3.0」：經典原著中，最關鍵與最核心的篇章選讀。

ClassicsNow.net網站，提供相關影音資料及延伸閱讀，以及讀者的互動。

*那本書是英國作家與思想家羅斯金（John Ruskin）寫的《給未來者言》（*Unto This Last*）。

末世的愛情標本

三言
Three Collections of Short Stories

馮夢龍 原著

張曼娟 導讀

擷芳主人 2.0繪圖

他們這麼說這本書
What They Say

插畫：鄧耀麟

極摹人情世態之歧
備寫悲歡離合之致

笑花主人

📅 ？

💬 《今古奇觀・序》中寫道：「墨憨齋增補《平妖》，窮工極變，不失本末，其技在《水滸》、《三國》之間。至所纂《喻世》、《醒世》、《警世》三言，極摹人情世態之歧，備寫悲歡離合之致。」

頗存雅道
時著良規

凌濛初

📅 1580 ～ 1644

💬 明代小說家凌濛初在《拍案驚奇・序》中曾評價馮夢龍的《三言》：「獨龍子猶氏所輯《喻世》等諸言，頗存雅道，時著良規，一破今時陋習。而宋元舊種，亦被搜括始盡。肆中人見其行世頗捷，意餘當別有秘本，圖出而衡之。不知一二遺者，皆其溝中之斷，燕略不足陳已。」

摹繪聲色
得其神似

孫楷第

📅 1898 ～ 1989

💬 中國學者孫楷第在《三言二拍源流考》文章中說道：「猶龍子以一代逸才，多藏宋元話本，識其源流，習其口語；故所造作，摹繪聲色，得其神似，足以摩宋人之壘而與之抗衡，不僅才子操觚染翰，只為通俗生色而已。」

鄭培凱

 1948 ～

香港城市大學中國文化中心主任鄭培凱在《晚明士大夫對婦女意識的注意》一文中，談到馮夢龍在《三言》反映出的女性思維時，他認為：「清楚顯示他對愛情真摯專一的頌揚，也同時對婦女情愛態度有所肯定，認為婦女對『情真』的執著反映了自身主體價值的認知，是一種對人生意義產生明確判斷的婦女意識。」

對人生意義產生明確判斷的婦女意識

張曼娟

 1961 ～

這本書的導讀者張曼娟，現任台灣東吳大學中文系教授。她認為馮夢龍在小說當中提到的人物都是勇於面對自己的欲望的，跟現代人相比，當時的人更有勇氣面對自己的欲望與追求。她說道：「馮夢龍告訴我們，人都是欲望的動物，欲望或許會帶著我們沉淪，但是欲望也能帶領著我們向上飛升。」

欲望或許會帶著我們沉淪但也能帶領著我們向上飛升

你

 ？

在二十一世紀此刻的你，讀了這本書又有什麼話要說呢？請到classicsnow.net上發表你的讀後感想，並參考我們的「夢想實現」計畫。

你要說些什麼？

3

書中的一些人物
Characters

插畫：鄧耀麟

杜十娘

📅 出自《杜十娘怒沉百寶箱》

💬 京城名妓，長得渾身雅艷，遍體嬌香，不知迷倒了多少王公巨富，老鴇視她為搖錢樹。杜十娘愛上了李甲後，便計畫從良，並自掏腰包付了一半贖身錢。然而李甲卻因為害怕回家被父親責罵，手頭又缺錢，竟把她賣給了別人。杜十娘知道後，怒叱李甲負心薄倖，抱著百寶箱投江自盡。

李甲

📅 出自《杜十娘怒沉百寶箱》

一個宦家的公子，以「納粟入監」的方式在京城念書。李甲認識了杜十娘後，天天往教坊裏跑，不久便花光了銀兩，還得跟朋友借錢替她贖身。李甲既軟弱又無能，後來還把杜十娘賣給別人。最後這位負心漢染上重病，終究沒有好下場。

📅 出自《蔣興哥重會珍珠衫》

💬 從小跟著父親四處做生意，父親去世後娶了三巧兒，兩人新婚燕爾，恩愛甜蜜。但沒多久蔣興哥拋下妻子，隻身去廣東做生意，一去兩個寒暑。後來他在蘇州結識一個陳姓商人，身上竟穿著自己送給三巧兒的珍珠衫，這才揭開妻子紅杏出牆的殘忍事實。

蔣興哥

花魁

📅 出自《賣油郎獨占花魁》

💬 原是好人家的女孩兒，自小父母便
送她去讀書，因此琴棋書畫樣樣精
通。後來她不幸在戰亂中被人賣到
煙花酒樓，被迫接客，由於色藝俱
佳，被稱為花魁娘子。她雖然身在
煙花，但心卻保持著純潔良善，在
遇到了賣油郎後，被他的一片真心
誠意所感動，決定委身下嫁。

📅 出自《賣油郎獨占花魁》

💬 個性忠厚老實，平日挑著擔子在鄰里街
坊賣油。自從他瞥見了花魁娘子的容顏
後，便神魂顛倒，並開始有計畫地積攢
金錢，期盼哪天可以與她共度春宵。好
不容易終於存夠錢買花魁的一夜，卻什
麼事也沒發生。然而賣油郎的赤誠終究
打動了花魁的心，兩人最後終成眷屬。

賣油郎

三巧兒

📅 出自《蔣興哥重會珍珠衫》

💬 王家的么女，長得標致美
麗。蔣興哥遠行做生意
時，三巧兒寂寞空閨，禁
不住牙婆的設計誘騙，與
陳大郎發生了婚外情，並
把珍珠衫送給他當定情
物。事跡敗露後，她愧疚
悔恨想要尋短。三巧兒只
是一個平凡的年輕家庭主
婦，一時迷失，因此作者
最後給她一個寬厚的結局。

這本書的歷史背景
Timeline

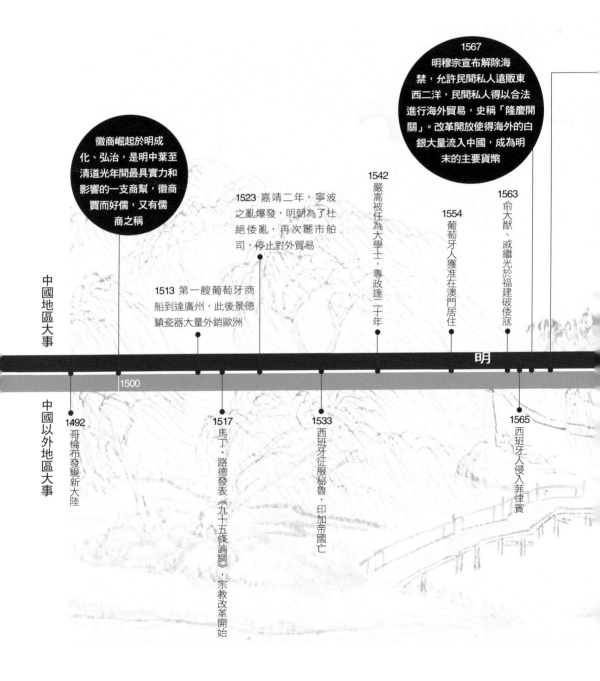

1567
明穆宗宣布解除海禁，允許民間私人遠販東西二洋，民間私人得以合法進行海外貿易，史稱「隆慶開關」。改革開放使得海外的白銀大量流入中國，成為明末的主要貨幣

徽商崛起於明成化、弘治，是明中葉至清道光年間最具實力和影響的一支商幫，徽商賈而好儒，又有儒商之稱

1523 嘉靖二年，寧波之亂爆發，明朝為了杜絕倭亂，再次罷市舶司，停止對外貿易

1542
嚴嵩被任為大學士，專政達二十年

1554
葡萄牙人獲准在澳門居住

1563
俞大猷、戚繼光於福建破倭寇

1513 第一艘葡萄牙商船到達廣州，此後景德鎮瓷器大量外銷歐洲

中國地區大事

明

1500

中國以外地區大事

1492
哥倫布發現新大陸

1517
馬丁·路德發表《九十五條論綱》，宗教改革開始

1533
西班牙征服秘魯，印加帝國亡

1565
西班牙人侵入菲律賓

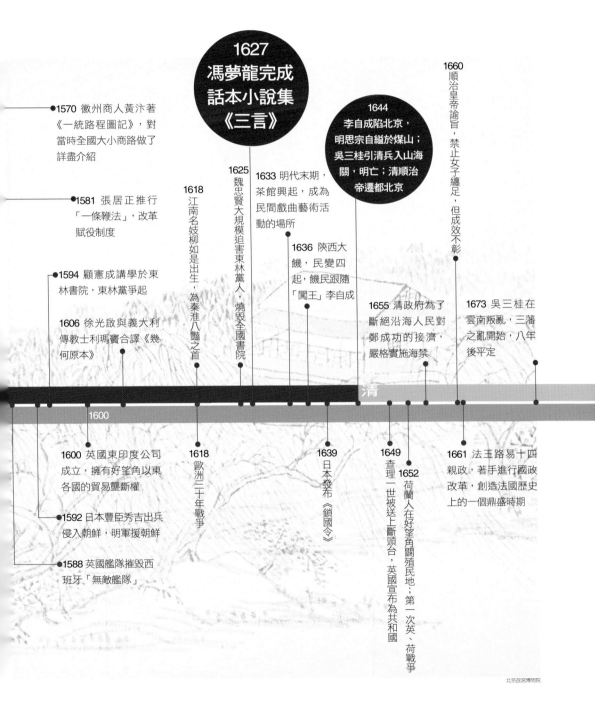

1627 馮夢龍完成話本小說集《三言》

1570 徽州商人黃汴著《一統路程圖記》，對當時全國大小商路做了詳盡介紹

1581 張居正推行「一條鞭法」，改革賦役制度

1594 顧憲成講學於東林書院，東林黨爭起

1606 徐光啟與義大利傳教士利瑪竇合譯《幾何原本》

1618 江南名妓柳如是出生，為秦淮八豔之首

1625 魏忠賢大規模迫害東林黨人，燒毀全國書院

1633 明代末期，茶館興起，成為民間戲曲藝術活動的場所

1636 陝西大饑，民變四起，饑民跟隨「闖王」李自成

1644 李自成陷北京，明思宗自縊於煤山；吳三桂引清兵入山海關，明亡；清順治帝遷都北京

1655 清政府為了斷絕沿海人民對鄭成功的接濟，嚴格實施海禁

1660 順治皇帝諭旨，禁止女子纏足，但成效不彰

1673 吳三桂在雲南叛亂，三藩之亂開始，八年後平定

清

1600

1600 英國東印度公司成立，擁有好望角以東各國的貿易壟斷權

1592 日本豐臣秀吉出兵侵入朝鮮，明軍援朝鮮

1588 英國艦隊摧毀西班牙「無敵艦隊」

1618 歐洲三十年戰爭

1639 日本發布《鎖國令》

1649 查理一世被送上斷頭台，英國宣布為共和國

1652 荷蘭人在好望角闢殖民地；第一次英、荷戰爭

1661 法王路易十四親政，著手進行國政改革，創造法國歷史上的一個鼎盛時期

北京故宮博物院

7

這位作者的事情
About the Author

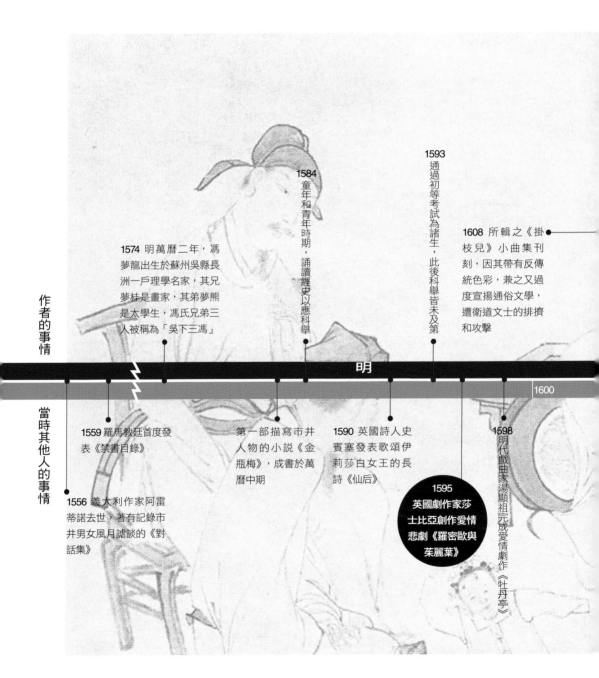

作者的事情

1574 明萬曆二年，馮夢龍出生於蘇州吳縣長洲一戶理學名家，其兄夢桂是畫家，其弟夢熊是太學生，馮氏兄弟三人被稱為「吳下三馮」

1584 童年和青年時期，誦讀經史以應科舉

1593 通過初等考試為諸生，此後科舉皆未及第

1608 所輯之《掛枝兒》小曲集刊刻，因其帶有反傳統色彩，兼之又過度宣揚通俗文學，遭衛道文士的排擠和攻擊

明

1600

當時其他人的事情

1556 義大利作家阿雷蒂諾去世，著有記錄市井男女風月謔談的《對話集》

1559 羅馬教廷首度發表《禁書目錄》

第一部描寫市井人物的小說《金瓶梅》，成書於萬曆中期

1590 英國詩人史賓塞發表歌頌伊莉莎白女王的長詩《仙后》

1595 英國劇作家莎士比亞創作愛情悲劇《羅密歐與茱麗葉》

1598 明代戲曲家湯顯祖完成愛情劇作《牡丹亭》

1609 與袁無涯共校李贄評點的《忠義水滸全傳》，刊刻為《李卓吾評點忠義水滸全傳》；又擴編羅貫中的《三遂平妖傳》為《新平妖傳》

1625 初編《智囊》一書，輯錄先秦迄明代的歷代智慧故事一千多則

1621 《喻世明言》刊行出版，主題涵蓋愛情、婚姻與朋友義氣等

1624 《警世通言》刊行出版

1627 《醒世恆言》刊行出版

1619 遠赴湖北麻城教書；擔任塾師期間，深入研討《春秋》

1630 崇禎三年，馮夢龍五十七歲時，補為貢生

1634 升任福建壽寧知縣，為官期間，吏治清明，為整治當地溺殺女嬰的風氣，曾親自草擬《禁溺女告示》

1628 在這段期間編寫《情史》，記錄從周朝到明代社會中各式各樣的情事

1638 任官期滿，再度投入通俗文學事業的推廣，陸續完成《新列國志》、《兩漢志傳》

1646 清順治三年，為國事憂憤而死；另有一說為清兵所殺

1644 李自成軍攻破北京，崇禎自縊，馮夢龍悲痛欲絕，懷著中興希望編了《甲申紀事》一書；隔年又刊行《中興偉略》以宣揚抗清理念

清

1605 西班牙作家塞萬提斯的小說《唐吉訶德》第一部分問世

1627 明代作家凌濛初刊行短篇小說集《初刻拍案驚奇》

1634 義大利作家巴吉雷搜集那不勒斯民間傳說，編成《故事中的故事》

1642 日本作家井原西鶴出生，著有通俗情色小說《好色一代男》

1628 法國詩人夏爾‧佩羅出生，他搜集整理民間故事，編寫成《鵝媽媽故事集》

北京故宮博物院

這本書要你去旅行的地方
Travel Guide

北京

● 國子監

坐落於北京市安定門內國子監街上，元明清三代國家最高學府所在地。太學生李甲就是在國子監讀書時，在花街柳巷遇到杜十娘的。

時代圖庫

安徽績溪

● 徽杭古道

徽州古時通往杭州的必經之道，當年富甲江南的徽商，就是沿著這條蜿蜒崎嶇的山間古道一步一步走到杭州、上海、蘇州做生意。《三言》對徽商有許多描述，比如陳大郎、孫富等等。

FOTOE

蘇州

● 楓橋

位於寒山寺北，橫跨在楓江之上，因唐代詩人張繼的《楓橋夜泊》而聞名。明朝時，蘇州楓橋是「柴米牙行聚處」，蔣興哥與陳大郎就是到此地賣貨時相識的。

時代圖庫

福建

時代圖庫

● 壽寧

馮夢龍曾任壽寧知縣，任職期間，其「政簡刑清，首尚文學」，並著有《壽寧待志》。

● 夢龍湖

湖面開闊，湖水清澈，山青水秀。湖邊有馮夢龍塑像，並依《三言》建喻世亭、警世亭、醒世亭等。

● 南山

位於壽寧南陽鎮，景色優美，名勝古蹟薈萃，集山、水、岩、洞、古剎殿宇於一山。馮夢龍曾多次登臨南山吟詩作賦，現山上有「馮夢龍碑林」。

杭州

ehnmark攝影

● 西湖

中國十大風景名勝之一，許多才子佳人的故事都在這裏發生。《白娘子永鎮雷峰塔》的故事中，白娘子與許宣就是在雨天的西湖相會。

時代圖庫

● 湖心亭

位於西湖中央的一座小島上，宋、元時為湖心寺，明清多次改建，雕廊畫柱、金碧輝煌。《三言》中的花魁美娘曾被人強擄到湖心亭裏陪酒。

● 南宋御街

御街是南宋臨安城的中軸線，自五代、南宋以來就是杭州的政治、經濟、文化中心。如今的御街集聚了不同時期的建築，保存了南宋以來杭州市井生活的樣貌。

● 清波門

坐落於西湖的東南方，是南宋杭城十三座城門之一，過去曾是詩人墨客及書畫家寓居之地，今只剩下石碑遺跡。花魁美娘就是在這裏被賣油郎搭救。

jeff~攝影

● 雷峰塔

曾是西湖十景之一，因《白蛇傳》而揚名。雷峰塔原為吳越國王錢鏐所建，後幾經戰火，僅餘塔心，1924年倒塌，近代重建。

經典3.0
ClassicsNow.net

目錄 末世的愛情標本 三言
Contents

封面繪圖：張妙如

02 —— 他們這麼說這本書
What They Say

04 —— 書中的一些人物
Characters

06 —— 這本書的歷史背景
Timeline

08 —— 這位作者的事情
About the Author

10 —— 這本書要你去旅行的地方
Travel Guide

13 —— **導讀** 張曼娟

人在向上提升的時候需要很大的力氣，但是向下沉淪並不需要，感覺上沉淪比提升更「符合自然」。在理學最昌盛的時代，在那驚天動地改朝換代的時候，人們是怎麼樣在愛情當中沉淪，怎麼樣在愛情當中提升。沉淪不僅僅是沉淪，竟也能提升。

61 —— **明代女性服飾圖集** 擷芳主人

79 —— **原典選讀** 馮夢龍原著

妾風塵數年，私有所積，本為終身之計。自遇郎君，山盟海誓，白首不渝。前出都之際，假托眾姊妹相贈，箱中韞藏百寶，不下萬金。將潤色郎君之裝，歸見父母，或憐妾有心，收佐中饋，得終委托，生死無憾。誰知郎君相信不深，惑於浮議，中道見棄，負妾一片真心。今日當眾目之前，開箱出視，使郎君知區區千金，未為難事。妾櫝中有玉，恨郎眼內無珠。

148 —— 這本書的譜系
Related Reading

150 —— 延伸的書、音樂、影像
Books, Audios & Videos

1.0

導讀

張曼娟

現任東吳大學中文系教授，作家。近年致力於經典文學的普及化。
著有《知道美好時光》、《張曼娟成語學堂．神獸部》、《幽微物誌記》、
《愛情．詩流域》、《人間好時節》、《海水正藍》等。

要看導讀者的演講，請到ClassicsNow.net

《三言》 實為《喻世明言》、《警世通言》和《醒世恆言》三部白話短篇小說集的合稱，由明末通俗文學戲曲家馮夢龍，在宋代話本與明代短篇小說的基礎上，編纂加工而成。《三言》的內容涉題廣泛，有對官場現實的褒貶、有探討愛情婚姻的篇章，有歌頌與評價多元的人性，也有議論神仙靈異的怪事等。

《三言》大量書寫市民生活、情感，將小說主角從傳統的帝王將相移轉至一般的平民商賈，改變了文人寫作的關懷點，同時也全面展現明代社會真實且豐富的樣貌。

（右圖）明代紡織繪畫。由於明代紡織業盛行，大量的絲綢貿易外銷，因此世界各地的白銀紛紛流入中國。

在《三言》這些作品裏，我要談的主題是人類的沉淪。《三言》雖具有教化功能，許多篇章卻赤裸裸地展示出人類沉淪的一面，但是，沉淪也是一種自然的發展現象。我們會發現，人在向上提升的時候需要很大的力氣，但是向下沉淪並不需要，感覺上沉淪比提升更「符合自然」。在理學最昌盛的時代，在那驚天動地改朝換代的時候，人們是怎麼樣在愛情當中沉淪，怎麼樣在愛情當中提升。沉淪不僅僅是沉淪，竟也能提升。

馮夢龍的年代背景

馮夢龍出生在一個非常典型的詩禮傳家的家族，他的家族成員多是藝術家，他的哥哥、弟弟不是畫家就是詩人。而馮夢龍走的卻是一條不同的道路，他選擇將自己一生的精力投注在「俗文學」上。馮夢龍出生至死亡的年代是1574至1646年，這是政治上最混亂的時期：明朝滅亡，清軍入關了。其

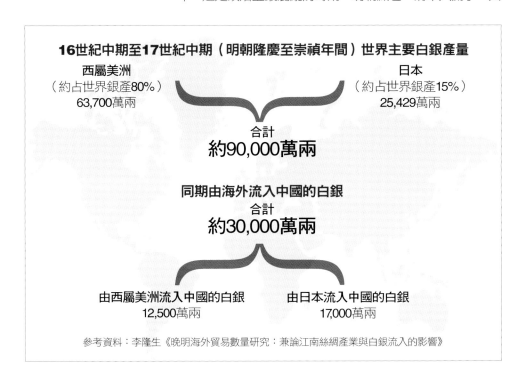

16世紀中期至17世紀中期（明朝隆慶至崇禎年間）世界主要白銀產量

西屬美洲
（約占世界銀產80%）
63,700萬兩

日本
（約占世界銀產15%）
25,429萬兩

合計
約90,000萬兩

同期由海外流入中國的白銀
合計
約30,000萬兩

由西屬美洲流入中國的白銀
12,500萬兩

由日本流入中國的白銀
17,000萬兩

參考資料：李隆生《晚明海外貿易數量研究：兼論江南絲綢產業與白銀流入的影響》

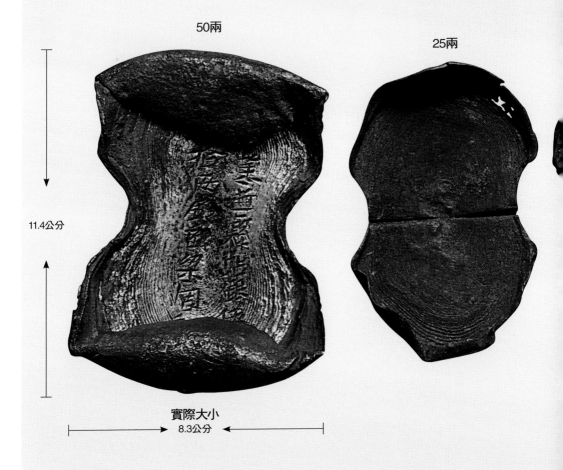

50兩

25兩

11.4公分

實際大小
8.3公分

明代銀錠

銀錠俗稱「元寶」，是古時的貨幣之一。「元寶」一詞其實來自「元朝之寶」，指的是元代的銀錠。銀錠雖於唐宋時即有，但是真正被大量使用則是在明清兩朝。當時除了官方所鑄的官銀之外，民間也有私鑄的民銀，尤其清代容許民間各省私鑄，更讓銀錠的樣式趨於多元。

明代銀錠主要形式為弧首束腰，腰越纖細，代表這是明代中晚期後的銀錠，且雙翅也越鑄越高。官銀上一般會刻有銘文，說明鑄造原因、鑄造用途與重量，有些甚至刻有鑄造者。比如銘文為「漕銀」，代表此為徵收漕運的通行費用，亦有出現過「修城銀」，是明代修建長城時所徵收的銀兩。

明代時，一般平民一個月的花費不過一、二兩銀子。《金瓶梅》第九回中，西門大藥房的傅夥計自白「小人在他家，每月二兩銀子雇著」，可見對於平民百姓來說，二兩銀子已是一筆不小的金額。

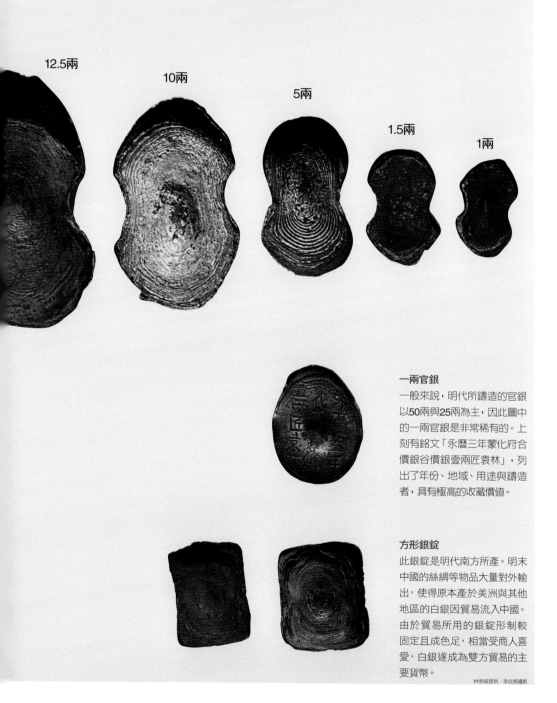

12.5兩

10兩

5兩

1.5兩

1兩

一兩官銀

一般來說，明代所鑄造的官銀以50兩與25兩為主，因此圖中的一兩官銀是非常稀有的。上刻有銘文「永曆三年蒙化府合價銀谷價銀壹兩匠袁林」，列出了年份、地域、用途與鑄造者，具有極高的收藏價值。

方形銀錠

此銀錠是明代南方所產。明末中國的絲綢等物品大量對外輸出，使得原本產於美洲與其他地區的白銀因貿易流入中國。由於貿易所用的銀錠形制較固定且成色足，相當受商人喜愛，白銀遂成為雙方貿易的主要貨幣。

林崇誠提供、李佳姍攝影

張居正的一條鞭法 准許民間以白銀納稅，因而積極發展工商業，將客製化的絲綢、瓷器一批批輸往世界，而全球各地的白銀則是滾滾而來。明末清初，中國的北方大地硝煙不絕，江南城鎮卻因鄭和下西洋打開西方貿易市場。熱絡的商品貿易，帶動中國傳統的手工業在生產技術上不斷地創新、精進：湖州蠶農鑽研了桑樹的栽種法，並改良繅絲（抽繭取絲）的技術，使優質湖絲至今仍壟斷著全球生絲市場；江西景德鎮在瓷器製造上，開創許多重要發明，比方燒製出純淨如玉石一般的白瓷，以及融合了西域青花顏料的極品青花瓷；而德化地區則是提升了燒瓷品質，並在實用器皿外，研發出瓷塑人物等擺設品，為中國的瓷器市場開展了另一片商機。

在十六世紀末至十七世紀初這一段期間，中國因為國內與國際貿易的興盛，促使各手工產業不斷在技術和產品開發上推陳出新，結果不僅讓這些傳統手工業在激烈的市場競爭中長期保持優越的領先地位，並獲取最實質的報酬：笑納當時世界近四分之一的白銀財富。

（右圖）馮夢龍蒐集民歌八百餘首，依照地方曲調分為掛枝兒、山歌與夾竹桃。本篇為掛枝兒中的《送別》一首，配圖為《明珠記之閨嘆》插畫。

實在清軍入關之前，還經歷了一段很重要的時間，四面八方很多的盜賊或者是農民起義，把明朝弄得天翻地覆，民不聊生，尤其在北方更為劇烈。奇妙的是，南方卻維持著經濟和文化的正常化狀態，甚至達到了一個前所未有的高峰。

在馮夢龍的年代，老百姓過的是什麼樣的生活，尤其是南方的百姓是怎麼過生活的？馮夢龍是蘇州人，那個時候的蘇州是什麼樣的？是跟北方一樣烽煙四起，民不聊生嗎？事實上並不是這樣的。與馮夢龍差不多的年代，即十六世紀中期到十七世紀中期，當時美洲生產的白銀約三萬噸，日本生產的白銀約〇‧八萬噸，而流到中國的白銀是七千至一萬噸，也就是說，當時全世界生產的白銀差不多有將近四分之一流到了中國，流到了中國哪裏？就是南方。這是因為南方有很多產物是西方人非常喜歡的，比如絲綢、瓷器等，於是透過貿易，白銀就滾滾而來——在明代末年，中國就是一個「白銀帝國」。表面上看起來是烽煙四起，民不聊生，但是實際上有這麼多的白銀在流通，這就意味著，當時南方的百姓生活是過得比較優渥的。

就是在這樣一個矛盾的時代，一方面是到處的戰亂，另一方面又有非常多的白銀流通，非常多的貿易活動在進行著。老百姓們最關心的是什麼？他們最想要的是什麼？這就是馮夢龍在他那個時代，希望透過一套《三言》呈現出來的樣子。他發現當時老百姓最想知道的，就是人該怎麼活著？要活成什麼樣子？馮夢龍用自己搜集來的小說，還有大量的民歌，告訴我們當時人們關心和在意的是什麼。

民歌與小說

民歌在古代一向被「另眼相看」，因為有些內容在當時的衛道人士眼中看來，覺得實在太荒淫了，但是我們以現代人的眼光看來，卻覺得還挺幽默的。馮夢龍花了畢生的時間做了兩件事情，就是整理民間短篇小說和民歌（又稱山歌）。

《送別》

送情人直到黃河岸
說不盡話不盡 只得放他上船
船開得好似離弦箭
黃河風又大
孤舟浪裏顛
遠望桅竿也
漸漸去得遠

馮評：只寫行人之景，而送行者之淒涼隱然言外，文品最高。

宋明理學 是中國儒學的第二期發展，又稱「新儒學」，除了承繼先秦儒學自覺地從事聖賢工作，以圓滿內在德行之精神外，又在佛學氣氛濃厚的背景下，加入了對心性以及宇宙、玄理的探討；同時亦發展出區別於辭章訓詁的義理之學。

宋明理學初興時又稱為「道學」，強調復歸並發揚「聖人之道」，其中最著名的主張為「存天理，去人欲」，認為只要能遏止、克制人的欲望，就能維護道德倫常的秩序。然而這樣的主張有違真實人性，在根本上極難踐行，因此便養成中國人說一套做一套之習性，出現如「假道學」之類的批判。

（上圖）1705年日版《肉蒲團》。
《肉蒲團》為李漁所寫章回豔情小說，由於內容淫穢，屢被查禁，但仍有私刻本流傳，甚至盛行於東亞其他國家。

這些小說和民歌，到了清朝的時候，常常被朝廷明令禁絕，原因是裏面有太多「壞人心術」的東西。這裏有兩首很可愛的民歌，一首叫《泥人》：「泥人兒，好一似咱兩個。捻一個你，塑一個我。看兩下裏如何？將他來揉合了重新做。重捻一個你，重塑一個我。我身上有你也，你身上有了我。」今天在我們看來會莞爾一笑，但是古代人看起來就荒淫得不得了。

另外一首是我非常喜歡的、覺得非常幽默的《打丫頭》。《打丫頭》說的是一位小姐害了相思，要打丫頭出氣，她說：「害相思，害得我伶仃瘦，半夜裏爬起來打丫頭。丫頭，為何我瘦你也瘦？我瘦是想情人，你瘦好沒來由。莫不是我的情人也，你也和他有？」這首民歌有著天然的幽默，非常非常有趣，其實這是最真實坦白地寫出了青春男女在相思當中的情緒。這就是所謂的「疑心病」，從古到今這種情感的反應一直都是有的，這也是大家的共性。這些古今戀人感同身受的情緒，因著馮夢龍而保留下來。

馮夢龍這樣一個在傳統和經典教育成長的人，他所熱愛的竟是民歌和小說，從他想要傳遞的思想裏，我們就可以明白他骨子裏是什麼樣的人，對他來說最重要的是什麼樣的事。從宋代開始，理學家一直影響了中國的思想界，以及人際關係。他們最常說的是「存天理，滅人欲」。我們生下來所具備的東西不就是人類原始的欲望嗎？理學家就是要強制我們壓抑內心真正的欲望，而馮夢龍則用這些民歌和小說告訴我們什麼是天理？天理就是人欲。

關於《三言》這本書

《三言》所指的是《喻世明言》、《警世通言》、《醒世恆言》三部，一共有一百二十篇話本小說，是以當時的白話寫成的。主要的形式是模擬了宋元的話本，話本向來是使用通俗的白話，故事性也很強。話本，是宋元時代非常流行的一種文學娛樂的活動，市民階層最愛來到說書場聽說書，說書

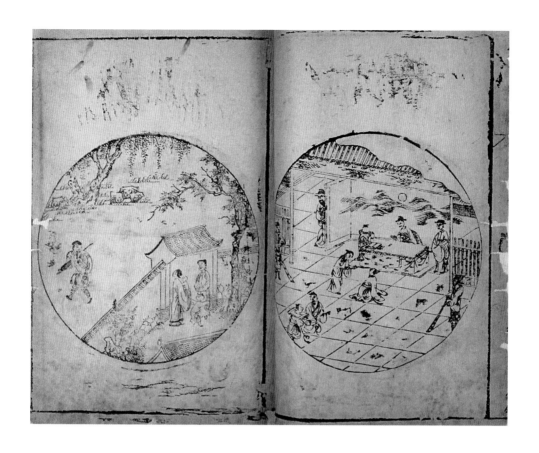

場主講人最大的本領是會說故事。「會說故事」並不容易，一半是天分，一半是對心理學的了解，他才能變成會說故事的人。說故事本身就是一種很高超的藝術，馮夢龍是一個非常會說故事的人。說故事有各種不同的方式，有的人用寫「散文」的方式；有的人用說「人生哲理」的方式；有的人用寫「詩」的方式，而馮夢龍的故事是最好看的，因為他是用純粹「說故事」的方式來說故事。

《三言》的第一部是《喻世名言》，而《喻世名言》的第一篇就是《蔣興哥重會珍珠衫》。既然是整套《三言》的第一篇領銜作品，可見其重要性。在這個故事裏，依循著話本的模式，一開始先給讀者一個人生啟示，引用了一闋詞叫《西江月》：「仕至千鍾非貴，年過七十常稀。浮名身後有誰

（上圖）《今古奇觀》。
抱甕老人結合了馮夢龍的《三言》與凌濛初的《二拍》，編為《今古奇觀》。是清代世情小說的代表作之一。但因刻劃社會寫實，被認為有礙風俗，清時列為禁書。

一般不屑與汲汲於利的商人為伍,這是由於中國以農立國,歷代政權為了鼓勵生產、維護統治利益,所以便將國家成員依照品等分為士、農、工、商——商居其末。到了明清時代,中國經濟快速發展,延續千年的四民品級開始產生位移,士商對立的關係不僅鬆動,甚至開始出現交融:士紳階層在科舉益加艱難、生計維持不易的情況下,多有選擇棄儒從商者,而商人們也更加注重德行的修為,以義與誠信的儒家之道自勉。明清時候的商人地位迅速提升,且受敬重。這種現實,可在許多明清小說中得到例證。

FOTOE

(上圖)山西晉商的票鈔版。
(右圖)《姑蘇繁華圖》水運商貿。
明清水路運輸是貿易重要的一環,各地的絲織品、茶葉、瓷器等,都可藉由水路聚集貿易。從《蔣興哥重會珍珠衫》故事中,陳大郎與蔣興哥於異地經商認識的橋段,可知城市商貿之興盛。

知?萬事空花遊戲。休逞少年狂蕩,莫貪花酒便宜。脫離煩惱是和非,隨分安閒得意。」

這首詞告誡人不要為酒、色、財、氣所沉迷,否則就會「損卻精神,虧了行止,求快活時非快活,得便宜處失便宜。說起那四字中,總到不得那『色』字利害,眼是情媒,心為慾種……」最後有兩句警句,叫做「我不淫人婦,人不淫我妻」。這讓我想到了另外一部中國古代的禁書,就是《肉蒲團》。在中國的古典小說當中,一直有一股強大的脈流,潛伏在這些經典作品下面,在教忠教孝的底層日夜奔流,它談的就是人的慾望。

《蔣興哥重會珍珠衫》——三巧兒獨守空閨

《蔣興哥重會珍珠衫》這個故事大概是說,有一對夫妻,丈夫叫蔣興哥,妻子叫三巧兒,蔣興哥在服喪的時候,娶了從小就定下親事的三巧兒,他們倆的情感非常好。因為中國古代要守喪三年,他娶了三巧兒以後,正好利用守孝的機會,大門二門都關了,在家裏面尋歡作樂。但是蔣興哥是一個商人,他倆也不能坐吃山空,他還是得要出門做生意去。三巧兒一聽他將遠行就哭了,說你怎麼捨得離開我呢?蔣興哥確實捨不得,又陪了她兩年。馮夢龍告訴我們這就是人的情感和慾望,最終丈夫不得不走了,但丈夫不敢告訴妻子說我要走了,等到行李收拾好了,在離開的前五天才告訴妻子。妻子和丈夫約定以一年為期,一年之後一定要回來。

蔣興哥這幾年在家裏身體變壞了,走到半途就病了一場,本來只是一般瘧疾,後來病到不能起來,耽誤了做生意的時間,於是一年後沒有辦法回家,到了第二年還是沒有回家。而三巧兒一直在家裏等他,等到了春天,看見樹上都長出新芽了。等來等去也沒有等到,於是就找了一個卜卦的來算卦,卜卦的一算,說這是好卦啊,他馬上就要回來了,而且還會帶回來很多的錢財。三巧兒聽了特別高興,每天打扮

迎薰繁實

北京故宮博物院

（上圖）《蘇繡迎薰繁實圖》。
蘇繡於清代非常興盛，本幅作
品描繪鳥語花香與果實累累的
情景。織品的花鳥畫，多半喻
有多子多孫與吉祥之意，也是
明清時期女性對於家庭與婚姻
的期望。

得漂漂亮亮的，到陽台上張望著，等候丈夫歸來。有
一天，她看到一個穿戴和身高都和自己丈夫很相像的
人走過來，她掀開簾子仔細辨認。走近一看發現是認
錯人了，臉兒緋紅就轉身進了房去。這個陳大郎是個
商人，一看到這種情形，便認為這個女人對自己有意
思。只是人家是良家婦女，該怎麼才得以親近呢？這
個時候必定要有一個關鍵人物出現，也就是「三姑六
婆」中所謂的「婆」。

三姑六婆的重要性

「三姑六婆」，是我們對於多事的、喜歡搬弄是非的
一些女性的貶抑之詞，但是在中國古代，「三姑六婆」
確實擔任著重要的使命，對女性的生活起居有著重要
的影響。尤其是所謂的「六婆」，可以任意穿梭來往
於閨房之中。六婆其實可說是職業婦女，只是不見得
高尚，也不一定合法。比如「牙婆」，是仲介和販賣
人口的；「媒婆」是替人做媒說親的；「師婆」也就是
巫婆，是畫符施咒的；「虔婆」其實就是老鴇；「藥婆」
是幫人看牙、安胎、開藥的；還有一種是「穩婆」，
替產婦接生的。古代的這些婆非常重要，因為她們暢
行無阻地穿梭在女人的生活空間裏，許多的風月故事
都得藉由她們穿針引線，才能成就。

陳大郎看到這個美女臉紅了，他覺得這就應該是自
己的風流韻事了。於是找了當時非常有名的虔婆，人
稱「薛婆」，幫他促成好事。果然這個薛婆用了很多
巧妙的方法幫助他暗渡陳倉，細節非常精采。最後薛
婆終於把陳大郎帶到了三巧兒的閨房，還上了三巧兒的牙
床。當然這位「總策畫」得到的好處也是很多，她既可以在
陳大郎身上得到很大的好處，在三巧兒那裏也能得到好處。
至於三巧兒呢，雖然說她很愛自己的丈夫，但是也沒能逃過

欲望。陳大郎和三巧兒的感情也非常好，直到他說：我不能
一直待在這裏，我還得要去做生意。三巧兒說，你帶我走吧，
天涯海角我都和你在一起。當大家以為三巧兒最愛的應該是
自己的丈夫，與陳大郎之間的露水姻緣只是一時的意亂情迷
時，讓人驚訝的是三巧兒竟然願意和陳大郎私奔，這證明了她
是很愛這個男人。或許是因為對丈夫失去信心了，不知道丈夫
會不會回來，此刻眼前只有這個男人，於是便希望他能帶自己
離開。這裏顯現了一種末世的情感觀：在末世當中，人沒有過
去也沒有未來，是用沒有明天的方式活著。人們最在意的就是

（上圖）清 任頤《人物團
扇》。
畫中婦女以手支頭，眼望春
柳，惆悵若失，頗有思念遠方
故人之貌。畫家以細筆描繪盤
頭，淡墨描繪臉部及肢體細
節，線條流暢，設色清淡，工
寫兼備。很能表現《三言》故
事中，三巧兒思念出外行商夫
君的心境。

三姑

尼姑

佛教中出家修行的女教徒。明清的小説裏,常寫到尼姑藉著佛門弟子的身分哄騙良婦、納賄斂財,甚至嗜欲縱淫。

人物:初刻《聞人生野戰翠浮庵》王尼姑

事蹟:引誘良家婦女到尼姑庵玩樂

蘇州的王尼姑年輕貌美,「一張花嘴,數黃道白,指東話西,專一在官宦人家打踅,那女眷們沒一個不被他哄得投機的……一手好手藝,又會寫作,又會刺繡,那些大戶女眷,也有請他家裏來教的,也有到地庵裏就教的……」

道姑

從事道教的教徒,女性叫坤道,又稱女冠,俗稱道姑。明清的小説中,道姑常被描寫成淫亂的形象。

人物:《玉清庵錯送鴛鴦被》劉道姑

事蹟:幫劉員外向玉英説親,安排私會

劉道姑幫劉員外和玉英傳遞信物「鴛鴦被」,並提供約會場所。她叮嚀小道姑説:「我約定劉員外今夜晚間來我庵中,與小姐完成這事……徒弟,我吩咐你,那鴛鴦被兒是李府尹家小姐的,今日晚間來和劉員外在此赴期。」

卦姑

專門占卜、算命、扶乩的婦女。

人物:《金瓶梅》卜龜卦婆子

事蹟:幫吳月娘、李瓶兒等人算命

月娘見到路上一個老卦婆子,便叫她進來,「那老婆扒在地下磕了四個頭:『請問奶奶多大年紀?』月娘道:『你卜個屬龍的女命……』那老婆把靈龜一擲,轉了一遭兒住了。揭起頭一張卦帖兒。」

FOTOE

(上圖)《水滸傳》二十四回,王婆貪賄説風情插畫。《水滸傳》二十四回説的是西門慶欲與潘金蓮成其好事,而請茶舖的王婆代為斡旋,這段故事後來被改寫於《金瓶梅》中。故事裏王婆除了經營茶坊生意外,並兼作媒婆、牙婆,亦是產婆的助手,能言善道、擅於哄騙,可説是三姑六婆的代表人物之一。

六婆

牙婆

販賣胭脂、花粉等婦人用品，但也時常替大戶人家選買寵妾、歌童、舞女、丫頭，買賣人口。

人物：三言《蔣興哥重會珍珠衫》薛婆

事蹟：設局誘騙三巧兒紅杏出牆

薛婆是賣珠子的，收了陳大郎的錢後，便設局誘惑三巧兒：「只見珠光閃爍，寶色輝煌，甚是可愛。又見婆子與客人爭價不定，便分付丫鬟去喚那婆子，借他東西看看。」從此薛婆常常藉著買賣的名義進出三巧兒家。

媒婆

專為人介紹婚姻的女性。地方的媒婆因為閱歷豐富，在本地一帶人頭又熟，所以人們會找她介紹婚姻。

人物：《水滸傳》王婆

事蹟：用妙計助西門慶勾引潘金蓮

王婆原是開茶坊的，但既做媒婆也做牙婆，她詭計多端，伶牙利齒：「略施妙計，使阿羅漢抱住比丘尼；稍用機關，教李天王摟定鬼子母。甜言說誘，男如封涉也生心；軟語調和，女似麻姑能動念。教唆得織女害相思，調弄得嫦娥尋配偶。」

師婆

也叫巫婆、師娘，以替人祈福禳災、畫符施咒、占卜等為職業，有時會藉鬼神附體為人算命。

人物：《紅樓夢》馬道婆

事蹟：幫趙姨娘行巫術，加害鳳姐和寶玉

馬道婆收下趙姨娘的銀子後，「掏出十個紙鉸的青臉白髮的鬼來，並兩個紙人，遞與趙姨娘。又悄悄道：『把他兩個的年庚八字寫在這兩個紙人身上，一併五個鬼都掖在他們各人的床上就完了……』」

虔婆

妓院裏的鴇母，因虔字在古代有強行索取之意，而鴇母勒逼雛妓接客，搾取錢財，所以被稱為「虔婆」。

人物：三言《賣油郎獨占花魁》王九媽

事蹟：逼良為娼，設計逼迫花魁王美接客

劉四媽在替王九媽勸王美時，道出虔婆的殘酷：「一家之中，有媽媽做主。做小娘的若不依他教訓，動不動一頓皮鞭，打得你不生不死……那時熬這些痛苦不過，只得接客。」

藥婆

專門賣藥治病的女人，賣些安胎、墮胎藥或春藥，平日入門走巷、進出人家，也通曉一些民間術數與醫藥秘方。

人物：《合錦回文傳》趙藥婆

事蹟：利用去夢蘭閨房看病的機會，讓梁生去偷看

梁生很想看看夢蘭的容貌，趙藥婆便想了個妙計：「我平日到人家看病，原有個女伴當跟隨的……我看官人丰姿標致……不如竟假扮了我的女伴當，隨著我去，到可直入內室，窺覷得小姐。」

穩婆

就是接生婆，也叫老娘。穩婆除了幫忙接生、選乳娘之外，有時也要為婦女驗身，甚至替姑娘家墮胎。

人物：《金瓶梅》蔡老娘

事蹟：幫李瓶兒和吳月娘接生

李瓶兒要生產時，找來穩婆蔡老娘，她提到自己的技術，說：「橫生就用刀割，難產須將拳揣。不管臍帶包衣，著忙用手撕壞。活時來洗三朝，死了走的偏快。因此主顧偏多，請的時常不在。」

中國傳統婚約之規範　皆以男性權益為主要考量：男子在正妻之外還能合法擁有侍妾，如對既有婚姻不滿意，更可以一紙「休書」，單方面宣告終止婚姻，此稱「休妻」或「出妻」。然古代律法雖賦予男性如此權力，但為了言之有據，還是具體列出了出妻的七條規範：一是無子，二是淫，三是不順父母，四是口多言，五是盜竊，六是妒忌，七是有惡疾。在「七出」的項目中，「無子」與「有惡疾」無關婦女品德；而「口多言」和「妒忌」兩項標準，更是屬於自由心證。由「七出」內容可以明確感受，中國婦女的從屬地位與不自主性。

（下圖）《孔子家語》。《孔子家語・本命解》：「婦有七出三不去。七出者：不順父母者，無子者，淫僻者，嫉妒者，惡疾者，多口舌者，竊盜者。」可見古代對於婦女規範的嚴屬。

「現在」──沒有過去的包袱，也沒有未來的憧憬，只有現在的欲望，這是三巧兒這個人物特殊的地方。

愛情的信物

　　三巧兒不捨得陳大郎離開，為了留下他的心，就把丈夫家裏最重要的傳家寶「珍珠衫」送給了他。她說這件衣服冬暖夏涼，你貼身穿著，就像我貼著你的身子一樣。兩個人又痛哭了一夜，然後陳大郎就走了。古典小說的一個重要特色，就是「無巧不成書」。陳大郎在外面走江湖經商的時候，遇到了一群年輕的商人，古代跑江湖做生意的人都很神秘，蔣興哥隱姓為羅小官人。結果這個陳大郎就認識了這位羅小官人，相談甚歡，頗感知己，於是說出了自己的一場綺麗豔遇，並且展示了貼身穿著的那件珍珠衫。蔣興哥聽了之後，既震驚又痛苦，迫不及待想回家了。陳大郎又說你要回家的話，就幫我送一封信吧，信封上還寫著「三巧兒親收」。陳大郎殷殷切切的送來了情書和玉簪，蔣興哥在船上拿到這些東西，第一件事就是把信拆開。每一個字讀得他心如刀割，一怒之下就撕碎了丟到了江水裏，又把玉簪摔了兩半。書信一扔他又後悔了，因為證據沒有了，只好把玉簪收拾好帶回家。

　　三巧兒沒有想到丈夫突然回來了，因為心中有愧不敢正眼看丈夫。蔣興哥說，我好久沒有回家了，我要先去看看岳父岳母，當夜又回到船上住下了。第二天回來和三巧兒說，我剛剛從你家裏來，你的父母得了急病，想你呢，你趕緊回去。然後他找了一個

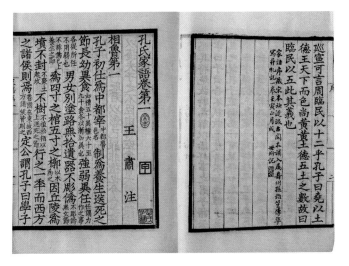

下人送了一封信給岳父岳母，送到了就回來。這封信就是休
書，很簡單的說，他跟三巧兒結婚這幾年來，三巧兒有一些
事情，他也不好明說，岳父岳母直接問她好了，另外送上了
一個摔斷的玉簪子，三巧兒看了就明白了。三巧兒看了信心
中有數，但是她看到了玉簪，便誤以為這是丈夫暗示要自己
自盡，結果夜裏她就懸梁自盡。三巧兒的母親發現了，衝進
去救了她，父母就勸說，你還這麼年輕，還怕沒有人要嗎？
為什麼要做這麼傻的事？三巧兒想想也有道理，就活下來
了。

退還嫁妝

「自殺」，是有強大意念的人才能做的事，三巧兒並沒有
這樣的意念；能夠活著卻尋死，是有某種理想追求的人才能
做到的事，三巧兒並沒有這樣的追求，她願意活著。果然，
不久之後，她的父親就幫她另外找到了一個更厲害的歸宿，
是一個縣官，這位吳知縣正好缺一個小老婆，聽說了三巧兒
的美貌，就決定要娶她。

到了再婚那一天，蔣興哥雇了一個人把當初三巧兒十六
個嫁妝箱籠，原封不動，連鑰匙送到了吳知縣的船上，送給
了三巧兒當陪嫁品。「傍人曉得這事，也有誇興哥做人忠厚
的，也有笑他癡騃的，還有罵他沒志氣的：正是人心不同。」
而馮夢龍是怎麼看待這件事情的？他認為這正是蔣興哥最忠
厚的地方。後來陳大郎病死路上，死之前將珍珠衫交付給他

（上圖）香囊常作為古代愛情
的信物。最著名的例子為《晉
書·賈充傳》中，韓壽與賈充
之女賈午有私情，賈午並悄悄
將隨身香囊贈予韓壽。而後韓
壽身上有奇香被賈充查覺，遂
將女兒嫁予韓壽。

的妻子。他的妻子姓平，平氏落魄潦倒，後來經媒人說和就嫁給了蔣興哥。有人問興哥，你的條件這麼好，為什麼要娶一個再嫁的呢？對蔣興哥來說，娶一個懂得惜福的女人或許更為重要，所以他願意娶經歷過世情變故的平氏。洞房花燭之夜，打開陪嫁箱奩，發現了那件珍珠衫。問明了緣故，兩人既駭異又不勝唏噓。

破鏡重圓

故事到這兒應該畫下句點了，卻還沒有結束，因為馮夢龍認為興哥的忠厚還沒得到應有的報酬。他雖然娶了平氏，平氏也賢德美貌，卻不是他的最愛。他心底真正熱愛的，當然還是三巧兒。所以，馮夢龍將故事又一轉折，說道蔣興哥是賣珍珠的，有一次做買賣的時候和一個老人發生了爭執，失手推了老人一下，結果這個老人倒地身亡，老人的家人便纏著他跟他打官司。官司打到了吳知縣那裏，三巧兒便哭著說，被告是我原來的哥哥，過繼給了別人家，請老爺無論如何替他開脫。知縣問明實情救了蔣興哥，三巧兒提出要求見蔣興哥，兩人見了面緊緊的相擁而泣，吳知縣見了便說，兄妹我看得多了，但是沒有像你們這樣的，就逼問他們的關係。兩人就跪下，老老實實招說了往事，把知縣也感動了，由於三巧兒還沒有孩子，就把三巧兒歸還了蔣興哥。蔣興哥重會珍珠衫的喜悅，顯然是比不上重會三巧兒的。而三巧兒這樣一個「婦德有虧」的女性，卻能重回興哥懷抱，破鏡重圓，也可以看出馮夢龍對於她的寬容。難得一見的「浪女回頭金不換」的故事，對於三巧兒的

（下圖）明 萬曆 青花錦地開光三層套盒。此為裝小飾品所用。

北京故宮博物院

寬容，也就是對於「人欲」的理解與寬容。欲望是如此強大，有時候先行於情感，我們也只能跟著它的腳步往前走。

《杜十娘怒沉百寶箱》——煙花風月女子的故事

　　馮夢龍早年長期在煙花風月場中行走，對於歡場中的世態人情十分熟稔，對於這些風塵女子也有更多一層的理解與同情，因而編寫了一系列的娼妓故事，《杜十娘怒沉百寶箱》裏的女主角就是一位娼妓。杜十娘是京城裏身價最高的名妓，多少男人拜倒在她的石榴裙下，但她並不貪戀這種繁華的生活，一心想找個好男人來從良。杜十娘有一種現代女強人的形象，她從事的是風月場合的工作，怎麼能算是個企業呢？其實在她的工作範圍裏也有行銷，也有公關，有許多專業的部分，需要許多分工合作和團隊精神，確實很像在經營一個企業。假如一個娼妓前場做得很好，但是後場款待客人吃飯的時候，飯菜不好吃也是不行的。這樣的女人想找一個良伴的時候，會找什麼樣的人呢？社經地位比她高、作風更為強勢的男人，顯然並不是十娘的首選。閱人無數的杜十娘，最終選擇的是未經人事、單純溫和的李甲。李公子是個忠厚至誠之人，對杜十娘百依百順，言聽計從，但是他

（上圖）元末的銀盒與梳妝用具，蘇州張士誠母曹氏墓出土。這是目前為止出土文物中較為整齊的一套梳妝用具，內有妝盒、鏡台、粉匾、梳子、小剪、唾盂等。

也有缺點，就是懼怕自己的父親。像李甲這樣一個非常忠厚的人，多少會有一點軟弱，而後來所有的悲劇都和十娘的選擇，以及李甲的性格密不可分。

杜十娘用了相當長的時間完成對李甲的「考察」之後，決定幫自己贖身，要嫁給這位李公子。經過了幾番波折之後，終於嫁給了李公子，完成從良的心願，準備與公子一同返回書香門第的李家去過新生活。臨別之際，眾家姐妹都來送行，碼頭上繽紛脂粉，好不熱鬧。姐妹們話別之後，就送上一個鎖上的百寶箱，鑰匙也給了杜十娘，這個箱子當中到底有些什麼，李公子並不知道，而他也並不好奇。他們一路順江而下，旅途中盤纏短缺時，杜十娘就拿出一些錢來，公子也從不詢問錢財的來處。

遇人不淑

一直到某天夜裏，遇見了一個商人孫富，孫富聽見了十娘在隔壁船上的歌聲，又看見了她傾國傾城的美貌，迷了個神魂顛倒，很想占為己有。於是他就請了李公子到自己船上喝酒，喝酒的時候談到了杜十娘的事。孫富就對李甲說，依你家裏的門第觀念，你父親一定不會讓你娶這樣一個女人進門的。我倒是能給你出個主意，「兄今日空手而歸，正觸其怒。兄倘能割衽席之愛，見機而作，僕願以千金相贈。兄得千金，以報尊大人，只說在京授館，並不曾浪費分毫，尊大人必然相信。從此家庭和睦，當無間言。須臾之間，轉禍為福。兄請三思，僕非貪麗人之色，實為兄效忠於萬一也！」大概的意思就是李甲花完了所有盤纏還帶著個風塵女子回家，李家老爺必定勃然大怒，孫富願意用千金買下十娘，讓他轉禍為福，還能帶著千金回家孝敬父親，豈不是兩全其美？李公子一聽，覺得真是好主意，既能免除父親的責罰，還能得到一筆錢，就答應了。千挑萬選才決定自己終身的杜十娘，就這樣被她想託付終身的人給賣了。

中國古代妓女 的行業起源自春秋時期的齊國。當時齊相管仲設置國營妓院，目的是為了藉眾女子出賣身體，以籌措建設國家之資。但古代妓女並不全然是賣淫屬性，她們當中絕大多數是具有公關素養的「藝術從業者」，在王公貴族、文人墨客的圈子裏，提供音樂、歌舞等娛樂服務，只是這些藝人或多或少也兼賣身，後人遂以「妓女」統稱。

既是往來的對象俱是達官顯貴、才子雅客，妓女的才藝就必須既多且廣，舉凡琴棋書畫、詩詞歌賦、博弈、茶道等樣樣都得精通。此外，察言觀色、逢迎體貼的眼光與身段，更須在幼時即予以培養、調教。

而等級越高的妓女，往往也透過文士的口耳相傳，提升身價；其豔名最高、才藝最博者，稱為「花魁」。

北京故宮博物院

（上圖）明代八角鏡。
（右圖）明 陳洪綬《對鏡仕女圖》。
此圖描繪的是一名仕女，兩手托鏡自照，神態悠閒，顯現婦女重視妝容打扮的模樣。明代婦女流行畫桃花妝或是酒暈妝，在面頰兩側塗上脂粉，容貌上則喜愛細眉、長眼。本幅畫作的仕女形象，便很能顯示當代人對於細眉婦女的喜愛。

北京故宮博物院

（上圖）明 萬曆款 黑漆描金雲龍紋箱式櫃。
現今雖然無法還原《杜十娘怒沉百寶箱》中百寶箱的形狀，但由明代流行的箱櫃，可推敲百寶箱可能的樣子。

（右圖）清代婚嫁繪畫。
新娘乘坐於婚轎中，準備入門。對於古代妓女來說，從良時嫁給一位好人家，可能是最大的心願。

李公子回到船上之後，悶悶不樂，和衣躺下就睡了。杜十娘卻整夜睡不著，到了半夜，她看見公子起來歎了一口氣。「十娘道：『郎君有何難言之事，頻頻嘆息？』公子擁被而起，欲言不語者幾次，撲簌簌掉下淚來。十娘抱持公子於懷間，軟言撫慰道：『妾與郎君情好，已及二載，千辛萬苦，歷盡艱難，得有今日。然相從數千里，未曾哀戚。今將渡江，方圖百年歡笑，如何反起悲傷，必有其故。夫婦之間，死生相共，有事儘可商量，萬勿諱也。』」十娘的軟語勸慰與李甲的逃避現實，形成強烈的對比。哪怕是已經圖窮匕見了，李甲還是能躲就躲，不願面對，反倒是十娘有了不好的預感，她追根究柢問個明白，並且以為憑著兩人的深情，既已結為患難夫妻，沒有什麼過不了的難關。

一位烈性女子的畫像

當李公子告訴她說我把你賣了，而且賣了不少錢：

十娘放開兩手，冷笑一聲道：「為郎君畫此計者，此人乃大英雄也。郎君千金之資，既得恢復，而妾歸他姓，又不致為行李之累，發乎情，止乎禮，誠兩便之策也。那千金在那裏？」公子收淚道：「未得恩卿之諾，金尚留彼處，未曾過手。」十娘道：「明早快快應承了他，不可挫過機會。但千金重事，須得兌足交付郎君之手，妾始過舟，勿為賈豎子所欺。」時已四鼓，十娘即起

身挑燈梳洗道：「今日之粧，乃迎新送舊，非比尋常。」於是脂粉香澤，用意修飾，花鈿繡襖，極其華豔，香風拂拂，光采照人。裝束方完，天色已曉。孫富差家童到船頭候信。十娘微窺公子，欣欣似有喜色，乃催公子快去回話，及早兌足銀子。公子親到孫富船中，回復依允。

　　這一段的人物刻畫相當精采，描寫得非常細緻，從看到李公子不開心，接著抱著他，轉而放開雙手，冷笑一聲，還稱讚為郎君設此計謀的人，真是大英雄啊，郎君得到了千金之資，又擺脫了我這個麻煩的女人，真可說是「發乎情，止乎禮」，句句都是錐心之痛的諷刺！可悲的是李甲完全沒有察

覺，連眼淚都收拾起來，只等著明早天亮，一手交錢一手交人。心碎欲絕的十娘為這「迎新送舊妝」細心打扮時，還冀望著自己的美貌能喚醒李甲的財迷心竅；還盼望著能在李甲臉上看到一絲難捨，她偷偷看著李甲，卻只看見他的眉飛色舞，連一點喬裝也不願意，這對杜十娘來說，是多麼地諷刺和悲哀。

天亮之後，孫富把銀子送了過來，李甲把杜十娘送了過去。行到兩船中間，十娘打開了百寶箱，箱中一層層都是罕見的、價值連城的金銀珠寶，她一邊將珠寶撒落江中，一邊罵孫富，一邊罵李公子，其中最著名的就是「妾櫝中有玉，恨郎眼內無珠。」最後連人帶箱一起投入滾滾江水當中。其實最該罵的人就是她自己，她無法原諒的也是自己，因為她千挑萬選還是選錯人了。對於人生的美好理想與追求全然落空了，怎麼還能活下去？個性堅毅、求好心切的杜十娘，無法接受自己犯下這樣不可饒恕的過錯，所以她非死不可。

我們看到了這是什麼樣的末世？是一種沒有出路的末世。對於杜十娘這樣的女子來說，她已經努力掌握了自己的命運，掌握了人生方向，卻依然沒有出路，因為她把愛情和從良視為生命中最重要的事。所以當這樣的追求失敗的時候，她只能是末世，只能是死。

《鬧樊樓多情周勝仙》──年輕男女對愛情的追求

《三言》裏面許多主要角色都是商人，「話本」這種新的小說形式，對於商人這一新興的階層，投入了較多的關注。很重要的原因是，話本就是俗文學，是屬於大眾的，這些市民或商人恰好就是話本的閱聽人。因此，這也就是他們的娛樂，他們的生活。商人的喜好、價值觀與人生追求，和傳統的士大夫很不一樣，於是，產生了許多新的故事與新的情趣。《鬧樊樓多情周勝仙》出自於《醒世恆言》。這個故事很簡單也很複雜，說的是一個女孩叫周勝仙，她是商人的女

兒，家庭環境很不錯，自小嬌生慣養著。

　　故事發生在春末夏初，百花盛放，鶯飛蝶舞的美好時節，年輕男女出門踏青，才有了一點社交的機會。若能看對了眼，接下來就會有媒婆上門提親。話說這個女孩周勝仙在茶館中休息時，看到了也在茶館裏的范二郎，生得一表人才，兩個人眉來眼去，彼此都有了情意。周勝仙與范二郎初相遇的那一天，兩個素昧平生的年輕男女，在社交並不公開的古代，該如何試探彼此的情意呢？

　　這女孩兒心裏暗暗地喜歡，自思量道：「若是我嫁得一個似這般子弟，可知好哩。今日當面挫過，再來那裏去討？」正思量道：「如何著個道理和他說話？問他曾娶妻也不曾？」那跟來女子和嬭子，都不知許多事。你道好巧！只聽得外面水桶響。女孩兒眉頭一縱，計上心來，便叫：「賣水的，你傾些甜蜜蜜的糖水來。」那人傾一盞糖水在銅盂兒裏，遞與那女子。

　　那女子接得在手，纏上口一呷，便把那個銅盂兒望空打一丟，便叫：「好好！你卻來暗算我！你道我是兀誰？」那范二聽得道：「我且聽那女子說。」那女孩兒道：「我是曹門里周大郎的女兒，我的小名叫作勝仙小娘子，年一十八歲，不曾吃人暗算。你今卻來算我！我是不曾嫁的女孩兒。」這范二自思量道：「這言語蹺蹊，分明是說與我聽。」……對面范二郎道：「他既暗遞與我，我如何不回他？」隨即也叫：「賣水的，傾一盞甜蜜蜜糖水來。」賣水的便傾一盞糖水在手，遞與范二郎。二郎接著盞子，吃一口水，也把盞子望空一丟，大叫起來道：

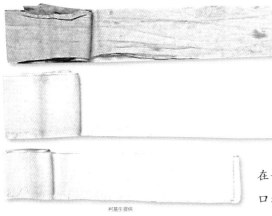

柯基生提供

柯基生提供·蔡志揚攝影

柯基生提供

（上圖）三寸金蓮。裹小腳的
記載始於宋代，但於明清時期
大為流行，當時不管是貴族抑
或是平民都以小腳為美。儘管
清代嚴禁纏足，但依舊無法制
止漢人纏足的風氣，甚至有些
旗人婦女也會偷偷纏足。因此
纏足又有「男降女不降」之
說。

「好好！你這個人真個要暗算人！你道我是兀誰？我哥哥是樊樓開酒店的，喚作范大郎，我便喚作范二郎，年登一十九歲，未曾吃人暗算。我射得好弩，打得好彈，兼我不曾娶渾家。」賣水的道：「你不是風！是甚意思，說與我知道？指望我與你作媒？你便告到官司，我是賣水，怎敢暗算人！」范二郎道：「你如何不暗算？我的盃兒裏，也有一根草葉。」女孩兒聽得，心裏好歡喜。茶博士入來，推那賣水的出去。女孩兒起身來道：「俺們回去休。」看著那賣水的道：「你敢隨我去？」這子弟思量道：「這話分明是教我隨他去。」只因這一去，惹出一場沒頭腦官司。

那時候的男女即使沒有虔婆穿針引線，若有機會也是不會輕易放過，對愛情的追求是非常積極的。

（下圖）日本浮世繪，吉原夜櫻。
吉原是日本古代的花街，從江戶時代末期始興盛，並於明治時達到頂峰。在當時，如果要見到高級藝伎，必須先至茶屋宴請藝妓，再由茶博士引薦。圖中左方的牌樓為吉原大門，吉原花街並有「茶屋あれど茶は売らず（叫茶屋卻不賣茶）」的俗諺。

范二郎請媒婆上門提親，勝仙的父親出外經商不在家，母親了解了女兒的意願，便同意了這門親事。後來她爸爸回來了，卻強烈反對女兒嫁到范家。他認為自己是個做大生意的，而范二郎不過是幫著哥哥開酒館，配不上自己的掌上明珠。任性的周勝仙非嫁不可，兩個人誰也不肯退讓，周勝仙一口氣喘不上來就死了。她的父母又疼又氣，眼睜睜看著女兒死去，卻無計可施。爸爸覺得很對不起女兒，心中滿懷愧疚，便厚葬了周勝仙。這樣一來，就引起了一些盜墓賊的注意。我們讀馮夢龍的故事，會了解到很多知識，原來盜墓這行當也是家傳的，書中告訴我們什麼時候最適合盜墓，什麼時候

並不適合。比如説十五月圓的時候不太適合盜墓，因為月亮太亮了；比如説下過雪不太適合，因為會留下腳印。

薄情郎錯認女鬼

盜墓之時，盜墓賊一看這個女孩像是睡著了一般，面目如生，太漂亮了，於是，一時色心大起，竟做了那件事。周勝仙被搬動時，卡在喉頭的一口氣滑下去，一下子醒了過來，睜開眼問盜墓賊：「你是誰？」盜墓賊嚇了一跳卻還能應付

（上圖）《白下傳書》，清末張志瀛繪。描繪南京秦淮河邊酒肆、妓院林立的情景。明代南方妓院多集中於秦淮河邊，並有「秦淮八艷」等名妓產生。

北京故宮博物院

説：我是正好路過，聽見有什麼聲音，從墓中傳出來，我想可能是你要醒過來了，就來救你了。周勝仙發現自己沒穿衣服，立刻明白發生了什麼事。勝仙請求盜墓賊把她送到樊樓去，讓她和范二郎重逢，必然會好好酬謝他。這男人貪戀勝仙的美色，哪裏肯將她送去樊樓？便將勝仙背回家去，軟禁起來，關了兩個月。直到正月十五，家家戶戶都在賞花燈、放鞭炮，結果一不小心有人家著火了。盜墓賊不在家，他的媽媽看守著周勝仙，老人家發現著火了，擔心把屋子裏關著的女孩燒死，於是把門打開了，叫勝仙和她一起逃命去。一直在找機會逃跑的勝仙，得到這千載難逢的機會，自然像脫韁野馬一般，飛也似的逃出門去，直接奔向樊樓。

好不容易才跑到樊樓的勝仙，終於看見摯愛的情人范二郎，她衝上前去喊著二郎，正在酒館招呼客人的范二郎看見勝仙嚇得魂飛魄散，勝仙已經死去，這是全城都知道的事。現在卻站在他面前，這不是鬼嗎？他指著勝仙大喊：「滅！滅！」原來古代人們相信如果撞見鬼，指著鬼大喊「滅」，那鬼就會像火一樣自動滅掉。結果，勝仙並沒有滅，不僅沒有滅，而且跑得越來越近。范二郎情急之下，隨手抓住一個沉重的大湯桶便往勝仙頭上砸去，正中太陽穴。就這樣，嗚呼哀哉，勝仙真的被打死了。癡癡纏纏，九死一生才得以與情人見上一面的勝仙，竟然被情人打死了，真是好荒謬。

這個故事當中，我們看到一個非常有意思的人性表現，那就是恐懼感。在追求愛情的時候，兩個人情深意重，生死與共都甘願，但是人還有很大的一種欲望本能，就是恐懼。當

43

范二郎認為勝仙已死，卻看見她好端端的出現，對於周勝仙的情感再深，也抵不過他內心的恐懼感，是他內心的恐懼感讓他大喊「滅」，是恐懼感讓他拿起大湯桶砸死了周勝仙。

馮夢龍敘述了這一篇的創作原由，為什麼要講這個故事？他對這篇小說的評價是：「情郎情女等情癡，只為情奇事亦奇。」這個故事很奇特，是因為他們的情感太特別了，這似乎也成為馮夢龍的小說藝術技巧。特別是在於「等情癡」，這個男人和女人之間的情感是一樣的癡情和癡心，所以才會爆發出前所未有的情感。這情感燃燒他們自己，也照亮了末世的天空。

《賣油郎獨占花魁》──不同階級的愛情

《賣油郎獨占花魁》是《醒世恆言》當中較為著名的一篇。從篇名我們就會發現，「賣油郎」和「花魁」的身分、地位真是相差太懸殊了，以當時的眼光來看，他們兩個人是不可能在一起的，但是他們「有情人終成眷屬」了，而且，馮夢龍用了「獨」這個字，來形容他們的關係。不僅是他單

北京故宮博物院

（上圖）錢謙益，明末名士，晚年迎娶秦淮八艷之一的柳如是，引起文壇動盪。
（下圖）柳如是《月堤煙柳圖》。柳如是，明末秦淮名妓。由於明末文人對於妓女的身姿容貌與才氣有極高的要求，因此名妓往往能詩能文，擅舞擅畫。這幅「月堤煙柳圖」是柳如是的代表畫作。

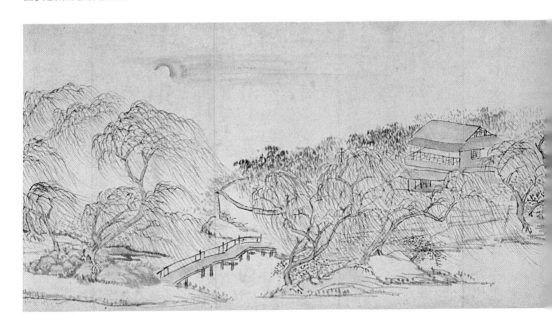

獨擁有了花魁女，也是因為他付出的情感是那樣獨一無二，不可取代。在占有她的人之前，他其實先占有了她的心。這個故事告訴我們，人的欲望固然會讓你沉淪，但是絕不只是沉淪而已，人的欲望也會帶著你提升。

男主角是一個賣油郎，東奔西跑做小生意的，屬於下層階級的人物。有一天在送油的時候，遇到了城裏面最美貌，身價最高的娼妓「花魁女」，名叫瑤琴。她原本是好人家的女孩，因為戰爭的原因和父母失散，被人拐賣給了老鴇。老鴇見她聰慧美麗，便好好的調教她，準備把她養大之後，靠著她榮華富貴。但是瑤琴記得自己的出身，說什麼也不願意做娼妓，即便是被老鴇灌醉了，被客人強暴了，她仍不願意做娼妓，尋死覓活。故事到這裏該怎麼發展下去呢？這個時候，必須要出現前文所提及的，一個非常重要的角色，那就是虔婆。這位虔婆叫做劉四媽，老鴇對瑤琴實在無計可施，便請了劉四媽來當說客。劉四媽看著瑤琴長大，對她的脾性是很了解的，她知道瑤琴最不想做的就是娼妓，便從不做娼妓開始勸解她。一個娼妓既入娼門，想要脫離皮肉生涯，當然得「從良」才行。

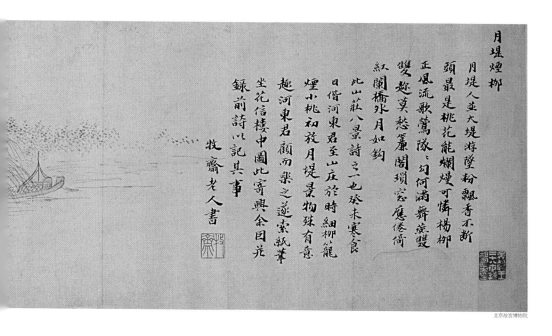

月堤煙柳

月堤人並大堤游壁粉飄香不斷
頭最是桃花能爛熳可憐楊柳
正風流歌蔦隊，勾何滿舞處雙
雙趣莫愁簾閣瑣窗應倦倚
紅闌橋水月如鈎
此山庄八景詩之一也癸未寒食
日偕河東君至山庄於時細柳籠
煙小桃初放月堤景物殊有意
趣河東君顧而樂之遂索瓶華
坐花信樓中圖此寄興余曰光
錄前詩以記其事
牧齋老人書

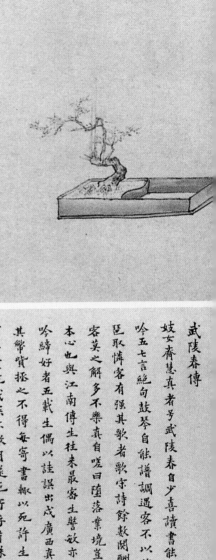

於思乎太息：　洞涇居士頓首

武陵已矣不復作矣傅子之字殆有趣

武陵春傳
妓女齊慧真者号武陵春自少喜讀書能短
吟五七言絕句鼓琴自能譜調遇客不以箏
區取憐客有強其歌者歌宗詩餘數関酬之
客莫之解多不樂真自嗟曰墮落業境豈儀
本心也與江南傳生柱來最密生譬敏亦善
吟緒好者五載生偶以詿誤出戍廣西真竭
其常貲振之不得每寄書報以死許生從
戍真憂愴成疾不數月遂死所存有珠瓔
囊雖肘集傳於人間
端居生曰武陵春一娼家女流狎客其分
內事也工文翰巳爲奇絕而必擇所合者委
之此殆有可見歟既得其人遂以死相守其
用情六當矣做使其初不失身焉安知其
不可以踵李哥之跡乎

明 吳偉《武陵春圖》(局部)

武陵春是江南名妓，原名齊慧真，傳說她與傅生相戀五年，傅生因獲罪
被徙，武陵春傾盡財資營救而不得，最後抑鬱而亡。當時的戲曲家徐霖
有感於此，作小傳以弔念之（左下圖），吳偉則根據此傳作畫。畫後並
有文士集結蘇軾、辛棄疾等人的宋詞，改寫後以歌頌之（右下圖）。

帳底不教春夢到 晨色動妝樓欲綰雲鬟
郤又休猶自倚闌愁 不待長亭傾別酒難
展欲眉頭悵句京哈送客何雲望歸舟
集周美成句　綠綺韻低梅雨潤香露芳雲
鬢白雪清詞出坐閒部尚曲中傳一曲陽

閒情幾許莫唱短因緣慵說青松守歲寒
冰淚結珠圓 集蘇東坡句 勸客持觴渾未
慣收拾錦囊詩誰把新詞嘆住伊多病
瞇海搖揚柳人兒離別後、會渺難期明
月樓空燕子飛風雨斷腸時 集辛稼軒句
樂曲屏山和夢倚涼興素懷分老色頻
生玉鏡塵背面楚腰身 寒捐歌紈人去
後琴冷石詠雲細雨輕寒暮掩門猶認
琴花痕 集吳夢窗句

右調武陵春集宋人詞題吳小仙畫森

慧真小像爰百重五良卷識

47

花魁的閨房

插畫：謝祖華

名妓原型：杜十娘《杜十娘怒沉百寶箱》、玉堂春《玉堂春落難逢夫》、關盼盼《錢舍人題詩燕子樓》、謝玉英《眾名姬春風弔柳七》、楊玉（春娘）《單符郎全州佳偶》、莘瑤琴（美娘）《賣油郎獨占花魁》、琴娘《佛印師四調琴娘》。

❶ 妝容

文人士大夫對名妓的容飾有很高的要求，古籍如《美人譜》等都記載了女性審美標準，因此名妓對妝容服飾傾注大量心思。《三言》裏的女性常作梅花妝「列兩行粉面梅妝」（關盼盼），即在臉部額間貼以花鈿，增添嫵媚。也有清雅自然的妝容「雅淡梳妝偏有韻，不施脂粉自多姿」（玉堂春）、「娥眉淡掃，臉微勻」（琴娘）。

喜歡把眉毛修成月彎形「兩彎眉畫遠山青」（杜十娘）、「眉彎新月」（玉堂春）。自唐末便有文人稱妓女為「眉史」。

❷ 髮飾

書中描繪玉堂春的髮形為「鬢挽烏雲」，可見她擁有一頭烏黑的秀髮。而髮髻則流行小巧結實，並喜歡用鮮花作花冠「頭上青絲如墨染，鬢邊斜插花海棠」（美娘）；簪釵亦是重要頭飾，美娘的寶箱裏便藏有「兩股寶釵，一對鳳頭玉簪」。

❸ 服飾

清余懷的《板橋雜記》追憶明代的妓女，衣服「皆客為之措辦，巧樣新裁…衫之短長，袖之大小，隨時變易」。服飾以雅艷為主，佩帶各種飾物「翠鈿金釧，瑤簪寶珥，錦袖花裙，鸞帶繡履」（杜十娘）。《賣油郎獨占花魁》提及美娘「慌忙又取出四匹潞綢」，《醒世恆言》中亦多有提及潞綢，可見宋明時女性流行以山西潞綢作衣裳。

❹ 小腳

娼妓纏足的風氣，宋元以後為盛，纏足走路的姿態更為花案選美的重要標準。「袖中玉筍尖尖，裙下金蓮窄窄」（玉堂春）、「露出一對金蓮，如兩條玉瓛相似」（美娘）

❺ 房間整體

房間一般布置得樸素，充滿雅氣「明窗淨几，竹榻茶爐…清風逼人，花瓶內頻添新水。」（謝玉英）

房內常見琴、棋、書、畫等陳設。宋元時稱才藝出眾的娼妓為「花魁」，明代文人學士往往視妓女為其文學藝術上的知音，所以名妓的文化素質亦因而提升。《三言》中的名妓便各懷才情「又會寫，又會畫，又會做詩，吹彈歌舞都餘事。」（美娘）、「從小讀過經書及唐詩千首，頗通文墨，尤善應對…教以樂器及歌舞，無不精絕。」（楊玉）、「琴彈古調，棋覆新圖。賦詩琢句，追風雅見於篇中」（關盼盼）、「兩旁書桌，擺設些古玩，壁上貼許多詩稿。」（美娘）。

❻ 香爐

燃點龍涎香餅或沉香「香風不散，寶爐中常爇沉檀」（謝玉英），增加優雅的氣氛。

❼ 寶箱

大部分妓女都希望從良，積極存錢希望一天為自己贖身。一般會把錢財藏在小箱子裏，放在隱密的地方並小心上鎖「把五六隻皮箱一時都開了，五十兩一封，搬出十三四封來，又把些金珠寶玉算價，足勾千金之數。」（美娘）

娼妓的從良守則

劉四媽道：「有個『真從良』，有個『假從良』，有個『苦從良』，有個『樂從良』，有個『趁好的從良』，有個『沒奈何的從良』，有個『了從良』，有個『不了的從良』。我兒耐心聽我分說。如何叫做『真從良』？大凡才子必須佳人，佳人必須才子，方成佳配。然而好事多磨，往往求之不得。幸然兩下相逢，你貪我愛，割舍不下。一個願討，一個願嫁。好像捉對的蠶蛾，死也不放。這個謂之『真從良』。怎麼叫做『假從良』？有等子弟愛著小娘，小娘卻不愛那子弟。本心不願嫁他，只把個嫁字兒哄他心熱，撒漫銀錢。比及成交，卻又推故不就。又有一等癡心的子弟，曉得小娘心腸不對他，偏要娶她回去。拼著一主大錢，動了媽兒的火，不怕小娘不肯。勉強進門，心中不順，故意不守家規。小則撒潑放肆，大則公然偷漢。人家容留不得，多則一年，少則半載，依舊放她出來，為娼接客。把『從良』二字，只當個撰錢的題目。這個謂之『假從良』。」

「如何叫做『苦從良』？一般樣子弟愛小娘，小娘不愛那子弟，卻被他以勢凌之。媽兒懼禍，已自許了。做小娘的，身不繇主，含淚而行。一入侯門，如海之深，家法又嚴，抬頭不得。半妾半婢，忍死度日。這個謂之『苦從良』。如何叫做『樂從良』？做小娘的，正當擇人之際，偶然相交個子弟。見他情性溫和，家道富足，又且大娘子樂善，無男無女，指望他日過門，與他生育，就有主母之分。以此嫁他，圖個日前

北京故宮博物院

（上圖）《占花魁》插畫。

安逸，日後出身。這個謂之『樂從良』。」

「如何叫做『趁好的從良』？做小娘的，風花雪月，受用
已勾，趁這盛名之下，求之者眾，任我揀擇個十分滿意的嫁
他，急流勇退，及早回頭，不致受人怠慢。這個謂之『趁好
的從良』。如何叫做『沒奈何的從良』？做小娘的，原無從良
之意，或因官司逼迫，或因強橫欺瞞，又或因債負太多，將
來賠償不起，弊口氣，不論好歹，得嫁便嫁，買靜求安，藏
身之法，這謂之『沒奈何的從良。』如何叫做『了從良』？
小娘半老之際，風波歷盡，剛好遇個老成的孤老，兩下志同
道合，收繩捲索，白頭到老，這個謂之『了從良』。如何叫
做『不了的從良』？一般你貪我愛，火熱的跟他，卻是一時
之興，沒有個長算。或者尊長不容，或者大娘妒忌，鬧了幾
場，發回媽家，追取原價；又有個家道凋零，養她不活，苦
守不過，依舊出來趕趁，這謂之『不了的從良』。」

劉四媽這時問瑤琴，你要什麼樣的從良？瑤琴當然要「真從
良」、「樂從良」、「趁好的從良」、「了從良」。劉四媽對瑤
琴說，你可以接一些好的客人，提升自己的身價，並且尋找你
的真命天子，還是有可能得到一個好的
結果。瑤琴被打動了，後來她就成為
了這個城中身價最高的花魁女。
每一天她都為從良做準
備，那些門第高華的貴
公子，身家豐厚的富商
大賈，都成了入幕之賓，
但是誰也沒想到，她後
來從良的對象，居然是
這樣微不足道的，一個
卑微的賣油郎。

（下圖）廣州外銷水彩畫，描
繪市井中賣油郎賣油的場景。

FOTOE

「三言二拍」裏的消費物價

嫁娶	價位	
完婚費用	約百金、80兩	孟夫人為免誤女兒阿秀的終身大事，所以暗中拿出私房錢贈家道中落的魯公子，玉促成他們的婚事。《陳御史巧勘金釵鈿》

置產	價位	
房子	300金	李生有一座位於西湖口昭慶寺左側的房子，約值300餘金。後來李生把房子抵押了給債主，他只好到城裏租了一個房子，與母親同住，一年要付4金的租金。《金衛朝奉狠心盤貴產，陳秀才巧計賺原房》
房租一年	4金	
墳場附近的房子	50兩	春兒和可成希望置業成親，墳邊左近有一所空房要賣，只要50兩銀子，於是春兒就湊足銀子把房子買下來。《趙春兒重旺曹家莊》

飲食	價位	
吃飯、喝酒	200文錢	子春從老翁處拿到了10萬兩，想到從昨天到現在都還沒吃過飯，於是便到酒家大快朵頤，吃個醉飽，還剩下飯菜，酒保算了一下這頓飯約值200文錢《杜子春三入長安》
辣椒	1文錢	楊氏要買椒泡湯，把1文錢交給兒子到市場買。《一文錢小隙造奇冤》

日用品	價位	
破鍋子	80文錢	石雪哥原是做小經紀的人，因染了時疫症，把本錢用完，只剩一隻破鍋子，後來開米舖的田大郎用80文錢把破鍋子買走。《盧太學詩酒傲王侯》
衣服	約1兩	宋敦要向陳三郎買棺材，但錢不夠，所以把自己身上穿的新聯就的潔白湖紬道袍送給陳三郎，宋敦說大概值約1兩多。《宋小官團圓破氈笠》

《明憲宗元宵行樂圖》局部。此畫描繪了正月十五元宵節，明憲宗朱見深於皇宮遊玩慶賞的各種場景。元宵節是明代官方提倡的節慶，畫中明憲宗與近侍在宮中觀賞燈節景象，百姓也於宮外同樂，是明代風俗畫作的代表。

嫖妓	價位	
賣身價	50兩	卜喬以50兩為代價,將瑤琴賣給王九媽。(《賣油郎獨占花魁》)
初夜	300兩	富豪金二員外以300兩,買美娘的初夜。(《賣油郎獨占花魁》)
夜度資	10兩	美娘願意接客後,賓客如市,每一晚的收費是10兩。(《賣油郎獨占花魁》)
賞金	20兩碎銀	三官到「一秤金」妓院初會玉堂春,用20兩碎銀來打賞鴇兒的招待。(《玉堂春落難逢夫》)
名妓贖身	300-1000兩,視乎恩客的財力	杜媽媽可憐李甲是窮漢,只開價300兩就讓李甲帶走杜十娘,向一般的恩客可能會收「千把銀子」。(《杜十娘怒沉百寶箱》)
名妓轉讓	1000兩	商人孫富以1000兩白銀,向李甲買下杜十娘。(《杜十娘怒沉百寶箱》)

其他	價位	
喪葬	50-60兩	趙廷玉的母親亡故,無錢葬埋,知道一位長者張善友家裏有錢,於是到張家偷去了50到60兩用來辦理母親的身後事。(《訴窮漢暫掌別人錢,看財奴刁買冤家主》)
棺材	3兩	宋敦想要找棺材店,有人介紹他到陳三郎家買,宋敦選了一副現成的「頭號」,售價是足價3兩,店主後來打折,收他1兩6錢。(《宋小官團圓破氈笠》)
殺人封口費	3兩	莫稽把妻子玉奴從船上推進江裏,用3兩收賣舟人作封口費(《金玉奴棒打薄情郎》)
撈屍酬金	50貫	程五娘與丈夫吵架,丈夫離家出走,後被發現伏屍河裏,程氏唯有用酒錢50貫哀求眾人幫她把丈夫屍首拖至岸邊。(《喬彥傑一妾破家》)

注:*明朝萬曆年間,1兩銀子可以買到大米1石(1石約94.4公斤),台灣目前的白米零售價每公斤約37.16元,可以折算出明朝1兩銀子相等於台幣約7000多元的購買力。 **1兩黃金=10兩白銀=10貫銅錢=10,000文銅錢

FOTOE

（上圖）明代碎銀。明代以白銀為主要的流通貨幣，而一般百姓日常付費，凡舉飯局、買酒、打賞，大多使用碎銀較多。圖中的碎銀大約總值二兩。

（下圖）浙江皤灘古鎮，妓院春花院裏的姑娘花牌。皤灘古鎮為現存建築中保存唐宋明清等建築風格最完整的古鎮，包含店鋪、碼頭、客棧、妓院、賭場、當鋪、書院義塾、祠堂廟宇等建築一應俱全。古鎮中的春花院，保留了明清時期妓院的形制。

卑微攢錢的賣油郎

賣油郎秦重是個仁厚樸實的人，無意中見到了花魁，驚為天人。他知道花魁是娼妓，便打聽花魁的身價，一聽之後嚇了一跳。花魁女的夜渡資是十兩，對他來說可謂天價。馮夢龍寫道：「你道天地間有這等癡人，一個做小經紀的，本錢只有三兩，卻要把十兩銀子去嫖那名妓，可不是個春夢！」就算是場春夢，然而他不肯放棄，如同說書人所言的「有志者事竟成」，他千思萬想，終於規畫出一個儲蓄大行動來，他想著從明天開始，逐日將本錢扣出，餘下的積攢上去，一日積一分，一年也有三兩六錢之數，只需要三年，這事就成了。若一日積得二分，只需要一年半，若再多存一些，一年也差不多了。結果他真的存夠了，就去買了新衣服，興匆匆的賣油郎帶著錢跟老鴇說，我今天有一點不情之請，想跟你商量商量。老鴇的反應相當有趣：「雖然不是個大勢主菩薩，搭在籃裏便是菜，捉在籃裏便是蟹，賺他錢把銀子買蔥菜，也是好的。」於是問他看中了哪個姑娘？他說是花魁。老鴇一聽就翻臉了，「九媽道：『糞桶也有兩個耳朵，你豈不曉得我家美兒的身價！倒了你賣油的竈，還不勾半夜歇錢哩。不

FOTOE

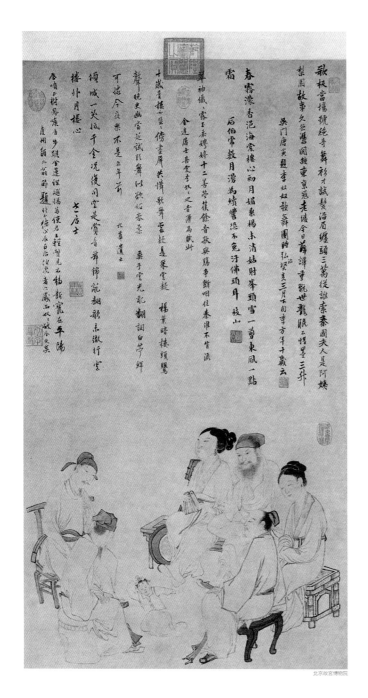

北京故宮博物院

如將就揀一個適興罷。」白花花的銀子拿出來之後，老鴇也動了心，就說我給你想想辦法吧。結果這辦法一想，賣油郎

（左圖）明 吳偉《歌舞圖》。此圖為吳偉四十五歲時所作，真實地反映了文士狎妓觀舞的場景。從畫上唐寅的題跋可以得知，中間翩翩起舞的是年僅十歲的妓女李奴奴，其旁並有祝枝山等人的落款，可見明代文人與官場狎妓風氣的盛行。

幾個誠實面對愛欲的女人

紅拂女

出自於唐傳奇《虯髯客傳》。紅拂女本為楊素家的家伎，因欣賞李靖的才識，夜奔李靖投宿的驛站，表示「絲蘿非獨生，願託喬木，故來奔耳」，李靖為紅拂女的膽識與豪氣所感動，兩人結為夫妻，後來更同心協力扶持「真命天子」李世民，協助開創唐朝。

FOTOE

杜麗娘

出自明代戲曲家湯顯祖的代表作《牡丹亭》。故事描述太守之女杜麗娘一日遊園小憩時，於夢中與書生柳夢梅相遇相戀，後竟因相思而亡。其後，化為鬼魂的杜麗娘主動去尋找情人柳夢梅，發生一段纏綿繾綣的「幽媾」。故事產生於禮教嚴謹的明代，而「為情而死，為情而生」的杜麗娘，成為勇於追求愛情的女性典範。

茱麗葉

《羅密歐與茱麗葉》是莎士比亞的悲劇代表作之一。兩家互為世仇的兩人於舞會中相戀，但不被家族所容許，茱麗葉的父親更強迫女兒嫁給別人。為了與情人相守，茱麗葉服下假死藥偽裝死亡以求私奔，但羅密歐卻誤以為愛人身亡而自盡，從深眠中醒來的朱麗葉悲痛萬分，決定在情人的遺體旁殉情。

© Bettmann/CORBIS

瑪格麗特

出自法國作家小仲馬的著作《茶花女》。瑪格麗特原是巴黎的交際花，在偶然的一次宴會中，一名青年的真情打動了她，讓她決定拋下財富與地位，只為與情人廝守。然而龐大的債務、家人的反對和一連串的誤會終究拆散了他們，戀情破滅後，瑪格麗特在病中抑鬱身亡。

© Stefano Bianchetti/CORBIS

安娜‧卡列妮娜

俄國作家托爾斯泰的長篇小說《安娜‧卡列妮娜》的女主角。貴族之妻安娜原有一段人人稱羨的婚姻，但在邂逅了年輕軍官佛倫斯基後，卻墜入情網無法自拔，不顧一切拋棄丈夫與幼子，只為了與情人廝守。然而由於戀情不見容於當時上流社會，再加上生活現實的爭執日增，安娜認為情人背棄了自己，沮喪絕望之餘，選擇跳下火車自殺。

© Keith Hamshere/CORBIS

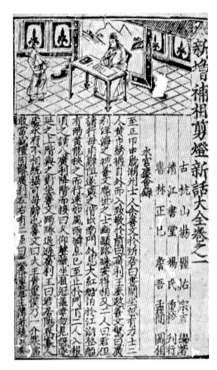

就等了一個多月，機會終於來了。九媽跟他説，我家瑤琴被一位老先生請去喝酒了，可能會早回來，而且她喝酒了，這才能成事。如果她醒著也不會接待你的。

夜夜笙歌的花魁女

賣油郎這晚去赴約，一等又是大半夜，花魁回來之後，是一個醉人。花魁醉眼斜睨，一看賣油郎，説道這個人我看著眼熟，不是出身什麼好人家，媽媽我不能接，接了他就壞了我身價。老鴇對賣油郎説，她醉了，你溫柔些。到這個時候，賣油郎就是一個嫖客，在他對面的就是妓女。他明明知道自己買下了今夜的花魁女，想怎麼樣就怎麼樣，但是他突然之間不想做嫖客了。這個時候他不是嫖客看妓女，他是愛慕者看被愛慕者。看著喝醉酒的花魁，她只是個疲憊的、令人悲憐的弱女子，他只想保護她，他問婢女有沒有熱茶？找來熱茶以後，他把茶壺暖在自己懷裏，用自己的皮肉暖著它，這樣的話，花魁隨時都有熱茶可以喝。到了半夜，花魁想嘔吐，賣油郎擔心她把枕被吐髒了，不能得到乾淨舒適的歇息，他想到一個辦法，情急之下，脱下新買的衣服，兜著，讓瑤琴盡情一吐，他怕有味道，又將嘔吐物包裹起來。瑤琴吐完之後，又讓她喝了溫暖的茶水，舒適的進入安穩夢鄉。到了第二天早上起來，她發現賣油郎就坐在那兒。瑤琴知道賣油郎處理了自己的嘔吐物，又餵她喝熱茶，非但沒有抱怨，還説：「夜來得親近小娘子一夜，三生有幸，心滿意足。」真正是個「隱惡揚善」的好人。

美娘聽説，愈加可憐，道：「我昨夜酒醉，不曾招接得你。你乾折了多少銀子，莫不懊悔？」秦重道：「小娘子天上神

（上圖）《金鰲新話》、《剪燈新話》。
《剪燈新話》內容承襲六朝志怪與唐傳奇，以玄怪為主題，並於明末因「邪説異端」被禁，但流傳至東亞及其他地區如日本、越南、韓國後卻大盛，影響日本江戶文學，韓國並有《金鰲新話》，屬於仿《剪燈新話》的文體。

仙，小可惟恐伏侍不周，但不見責，已為萬幸。況敢有非意之望！」美娘道：「你做經紀的人，積下些銀兩，何不留下養家？此地不是你來往的。」秦重道：「小可單只一身，並無妻小。」美娘頓了一頓，便道：「你今日去了，他日還來麼？」秦重道：「只這昨宵相親一夜，已慰生平，豈敢又作癡想！」美娘想道：「難得這好人，又忠厚，又老實，又且知情識趣，隱惡揚善，千百中難遇此一人。可惜是市井之輩。若是衣冠子弟，情願委身事之。」

超脫欲望的愛情

賣油郎離開之後，也許不再妄想花魁女，但是，一些幽微的變化卻在花魁女心中發生了。每當她喝醉酒嘔吐，或是夜來想喝點熱水的時候，就想起了這個安安靜靜溫柔守護著她的男人。這就是愛情之中最珍貴的那個「獨」字。為什麼最後花魁會選擇賣油郎？也是因為這個「獨特性」。賣油郎不是門第貴公子，也不是揮金如土的富豪，但他為花魁做過的事，卻是絕無僅有的。後來到了清明節，瑤琴遇到一個惡客，被毒打了一頓，還把她的裹腳布扯開，將她推到西湖爛泥裏，那個年代小腳的女人要是裹腳布被扯開的話，連站都站不起來，只能在泥水中爬行，狼狽不堪，身心受創。賣油郎正好經過，聽到了她的聲音，找到了瑤琴，兩個人抱頭痛哭。賣油郎兩次看到花魁，都不是在她很漂亮的時候，但這反而成了考驗，是賣油郎的考驗，考驗出他到底是個什麼樣的人；也是花魁女的考驗，考驗她能做出怎樣的選擇。賣油郎幫助美娘洗乾淨，又扯開自己的汗巾為她做了裹腳布，叫了轎子送花魁回去。我們看到了愛的本質，就是無私的奉獻，就是只求付出，不問收穫。真正的愛情，原來是超脫欲望的。

（上圖）《平山冷燕》法文版。1860年，法國漢學家儒蓮（Stanislas Julien）將《平山冷燕》一書翻譯為法文，傳至歐洲，他並譯《趙氏孤兒》、《好逑傳》、《玉嬌梨》等小說。19世紀初期是歐洲流行翻譯漢文小說的時期，其中又以才子佳人小說所占比例最高。這與漢學家最早多為傳教士有關，由於他們認為才子佳人小說及《三言二拍》這樣的世情小說帶有教化意味，因此這類小說是西方早期被大量翻譯的漢文小說類型。

與現代愛情的差異

　　《三言》在中國被禁，禁令森嚴，因此在清末這些小說在中國是消失的。到了民國，魯迅編寫《中國小說史略》時，只看見《醒世恆言》全本，至於《喻世明言》與《警世通言》，只能見到序目與部分殘本。之後《三言》陸續被發現或傳回中國，這部短篇小說寶庫才得以傳世。而《三言》於明末清初傳到日本，非常受歡迎，對日本的通俗文學產生了很大的影響。1839年，法國巴維爾翻譯的《小說與故事》中，收錄了《灌園叟晚逢仙女》的譯本。那一段時間，中國小說在歐洲非常流行，比如德國著名的詩人席勒，就曾寫過一封信給歌德，他說：「對於一個作家而言，埋頭於風行的中國小說，可以說是最恰當的消遣了。」

　　中國古代這麼多廣大的讀者在《三言》沒被禁絕之前，可能也視這為一種消遣性的讀物而已，但是在消遣當中，我們卻觸碰到一個世界，看到了人生真實的樣貌。馮夢龍告訴我們，人都是欲望的動物，欲望或許會帶著我們沉淪，但是欲望也能帶領著我們向上飛升。我覺得現在也是一個末世，發生了很多末世的現象，比如：地震、水災、山洪爆發，這些事情都會讓人感到非常虛無，非常無助。縱然我們現在的物質生活比較好，精神生活卻比較空虛，如果我們問自己：我因何而存在，人生的價值到底在哪裏？這個問題不太容易回答，其實，現代也是心靈的末世或者是亂世。今天的種種人際關係或是感情狀態和馮夢龍所表達的，也是很類似的。以前馮夢龍的小說是禁書，而今天我們看到許多雜誌和電視節目，有太多跟感情和欲望有關的話題，已經可以公開談論，大家並不覺得這是敗德，已經變成很普遍的事情。

　　馮夢龍小說當中提到的人物都是勇於面對自己的欲望的。現代人可能有太多的修飾或者是隱藏了自己的欲望，跟馮夢龍時代相比，我認為當時的人更有勇氣面對自己的欲望與追求。∎

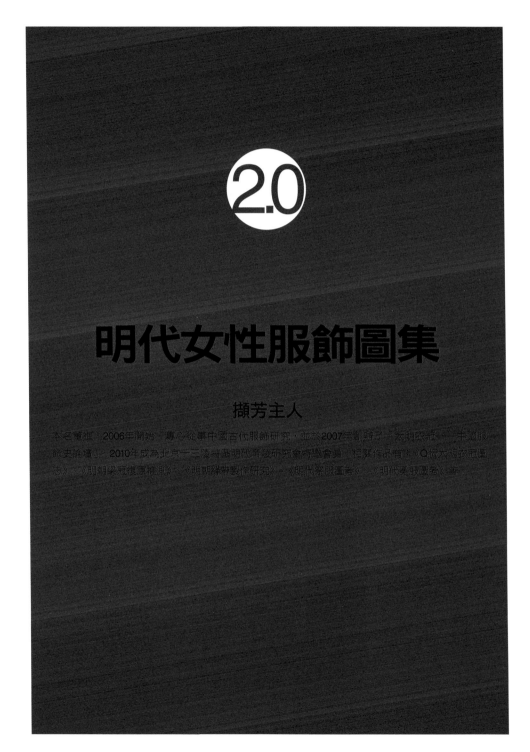

2.0

明代女性服飾圖集

擷芳主人

本名董進，2006年開始，專心從事中國古代服飾研究，並於2007年創辦了「大明衣冠——中國服飾史論壇」，2010年成為北京十三陵特區明代帝陵研究會特邀會員。相關作品有：《Q版大明衣冠圖志》、《明朝梁冠復原推測》、《明朝綬帶製作研究》、《明代冬服圖考》、《明代夏服圖考》等

命婦
的服飾

翟冠

牙笏

圓領

大衫

霞帔

墜子

首服：翟冠

俗稱「鳳冠」，又叫「珠冠」、「雲冠」，是明代受有封號的命婦的首服（首服為戴在頭上的裝飾物之統稱），用於禮服和常服中。翟冠上滿鋪點翠製成的雲朵，並按照命婦的品級，裝飾由不同數量的珍珠所組成的翟鳥，另外飾有珠牡丹開頭、珠半開、翠牡丹葉、翠口圈、金寶鈿等。冠頂插有一對金翟簪，口中各銜掛一長串珠結。翟冠戴在頭上時，底部兩側還插金簪一對，用以固定。《勘皮靴單證二郎神》中提到被選入宮的韓夫人到廟裏拜拜，回來後，換下大禮服：「卸去冠服，挽就烏雲，穿上便服。」（左圖為一品命婦的穿著服飾）

金翟（鳳）

珠翟

翠雲

珠結（挑牌）

金簪

翠口圈、金寶鈿

珠牡丹開頭、翠牡丹葉

禮服：大衫、霞帔

大衫為命婦的禮服。衣身用大紅色，大袖，對襟，後身比前身略長，綴有三角形兜子。命婦朝見君后、在家見姑舅及夫和祭祀時穿戴翟冠、大衫、霞帔。霞帔為並列的兩條，一般為深青色，按品級織繡有各類禽紋和雲紋等。霞帔前端裁為尖角並縫合，懸掛墜子；後端則納入大衫的兜子中。

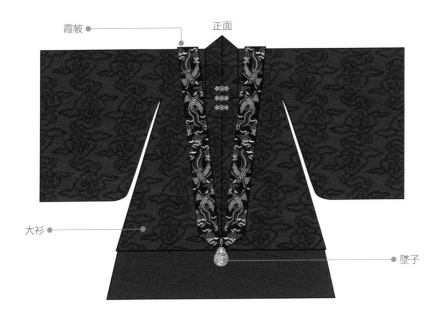

霞帔　　　正面

大衫

墜子

背面

兜子

常服：圓領袍

為命婦的常服，形制與官員常服圓領相似。圓領的顏色沒有規定，通常以大紅為吉服，領口用襻扣、大襟用繫帶固定，後身腰部釘有帶襻，用以懸掛革帶。前胸、後背處綴有方形的補子，補子圖案均照其品級製作，文官與其妻使用禽紋，而武官與其妻使用獸紋。

盛裝：通袖袍

形制與圓領袍相同，袍身織繡有雲肩、通袖襴、膝襴紋樣，故稱為「通袖袍」。袍上紋飾多較尊貴，如飾以蟒、斗牛、飛魚、麒麟等圖案。通袖袍原本是作為皇帝給予臣下象徵榮譽的賜服，後來成為命婦及一般婦女的盛裝，新娘出嫁時也可以穿著。穿通袖袍時一般戴翟冠（鳳冠），還可以加披霞帔。

民間的
女裝
（常服之一）

髢髻

交領襖

馬面裙

已婚婦女主要首服：鬏髻、頭面

鬏髻從宋代的特髻、冠子發展而來，是明代已婚婦女的主要首服。鬏髻常用銀絲等貴重金屬編織而成，外形多為圓錐狀，罩住頭頂的髮髻。鬏髻上插戴有各式首飾，稱為「頭面」。標準的一套鬏髻頭面有：戴在正中的分心、戴在底部的鈿兒、戴在頂部的挑心、戴在後部的滿冠、分心左右的草蟲簪、兩側的花頭簪、戴在鬢邊的掩鬢、戴在耳上的耳環等等。

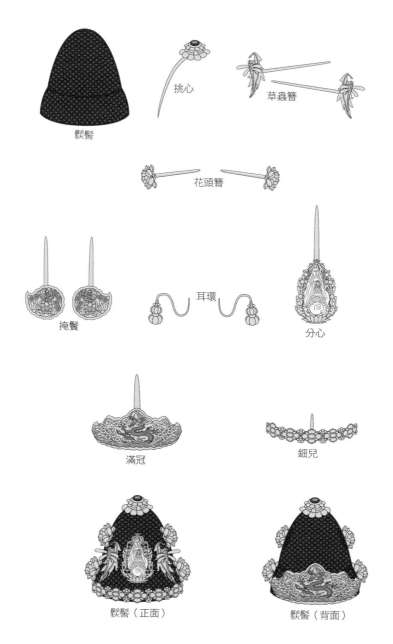

鬏髻　　挑心　　草蟲簪

花頭簪

掩鬢　　耳環　　分心

滿冠　　鈿兒

鬏髻（正面）　　鬏髻（背面）

上衣：短襖

明代早期的襖（衫）以交領為主，後期則主要為豎領（立領），此外還有圓領、方領等多種形制。交領襖或豎領襖通常在領部綴有白色的護領，襖身兩側在腋下有開衩。交領襖用繫帶連接衣身大小襟，而對襟式襖則用成排的金屬扣或鈕襻扣進行固定。明代女襖也流傳到朝鮮等周邊國家或地區，對很多民族的服飾產生了重要影響。

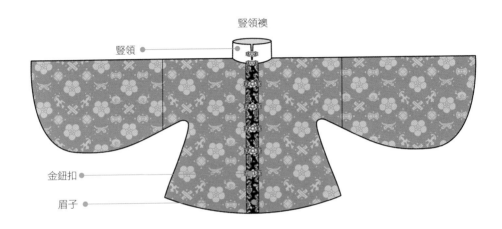

豎領襖

豎領

金鈕扣

眉子

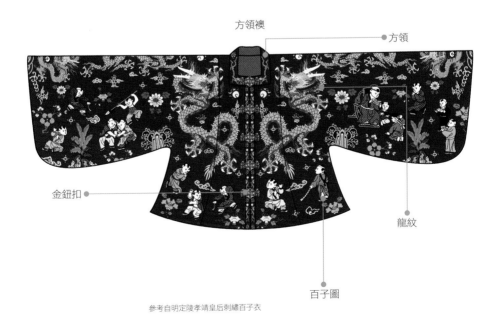

方領襖

方領

金鈕扣

龍紋

百子圖

參考自明定陵孝靖皇后刺繡百子衣

上衣下裙：襖裙

襖裙是明代女性上衣下裙裝束的統稱，又稱作「衫裙」或「裙襖」、「裙衫」。襖與衫的形制相同，襖為有裏的夾衣，衫為無裏的單衣。襖（衫）身可以織繡各種紋樣作為裝飾，如比較華麗的雲肩、通袖襴，后妃命婦也在襖上綴以代表身分的補子。明代最常見的裙子為馬面裙，裙身正中和兩端各有一幅較寬的光面（稱為馬面），馬面之間施有褶襉，裙身多飾以各種紋樣的裙襴。《樂小舍拌生覓偶》中描寫閨女順娘，說她穿著紫色上衣，杏黃色的長裙。

參考自孔府舊藏織金紗雲肩通袖襴雲翟紋女衫

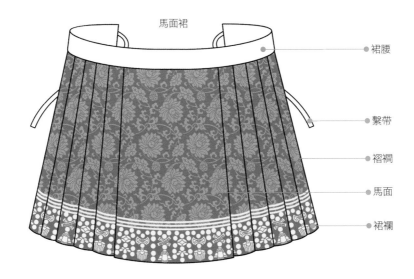

民間的
女裝
（常服之二）

金絲冠

頭箍

長襖

馬面裙

隆重場合穿戴的首服：金絲冠兒

又稱為「金線梁冠」、「金冠」、「冠子」等，是明代鬏髻與傳統女冠結合後形成的新的首服款式，造型及細節裝飾比鬏髻更為豐富。冠上通常飾有金梁，有的外形接近男子所戴束髮冠，大多用金絲編成。女子戴金絲冠時，所插頭面與鬏髻相同，豐簡隨宜。此外，明代婦女還喜歡在額間戴一條用烏綾等織物做成的頭箍。

頭箍又稱包頭、纏頭，裹於額部，形制較多，一般夏季用烏紗、冬季用烏綾製作，常綴以珍珠、金玉等作為裝飾。

參考自明代王洛家族墓出土的頭箍

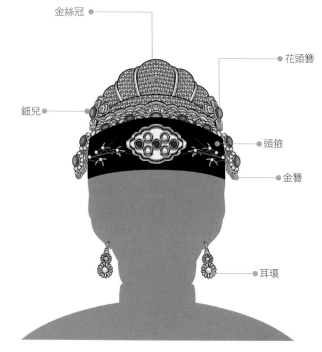

金絲冠

花頭簪

鈿兒

頭箍

金簪

耳環

外套：長襖

長襖是明代女性的正式外套，款式與短襖大體相同，但衣身較長。明代初期，長襖以交領為主，外形與男子道袍非常相似，寬袖，大襟釘有繫帶，衣身兩側開衩。此外，圓領對襟長襖也是比較流行的款式，其兩袖平直，領、襟、袖口處通常鑲有華麗的緣邊，衣襟用金屬鈕扣進行固定。

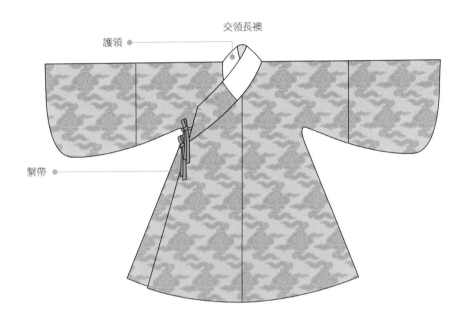

護領

交領長襖

繫帶

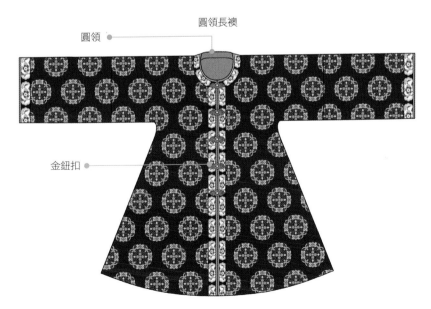

圓領

圓領長襖

金鈕扣

明代後期，女裝以豎領（立領）為主流，豎領長襖的領部一般綴有一對金屬鈕扣，大襟仍用繫帶作為固定。還有一種豎領襖（衫）是對襟款式，前胸衣襟處用繫帶一對繫結，兩袖特別寬大，因此也被稱作「大袖衫子」。豎領是明代在交領的基礎上發展出的新款式，一直延續至今，對後世服飾的影響非常大。

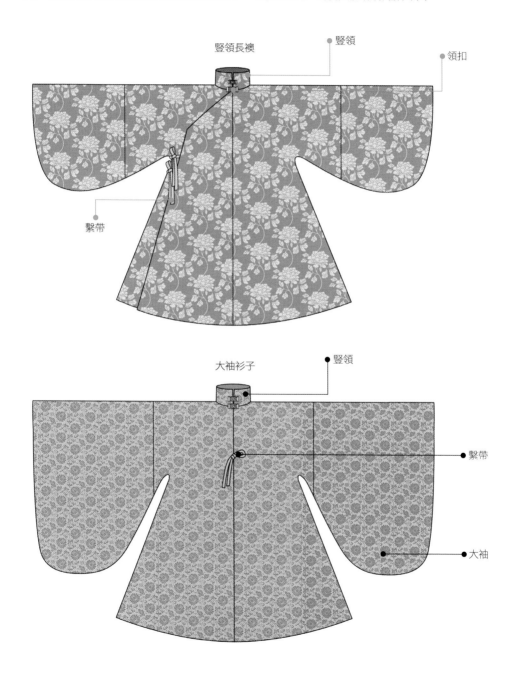

豎領長襖　　●豎領
　　　　　　　　●領扣

繫帶

大袖衫子　　●豎領

●繫帶

●大袖

民間的
女裝
（常服之三）

鬏髻

長襖

玉花扣

披風

馬面裙

外衣：披風

從宋代褙子發展而來，是明代男女都可穿用的外套款式：對襟，直領，大袖，衣身兩側開衩，衣襟用繫帶或玉花扣固定。女性穿披風時，通常在裏面穿豎領長襖和馬面裙。在秋冬季節裏，也會用各種動物皮毛製成披風，來禦寒保暖。現在戲曲中仍保留披風的形制，簡稱為「披」，一般訛寫為「帔」。

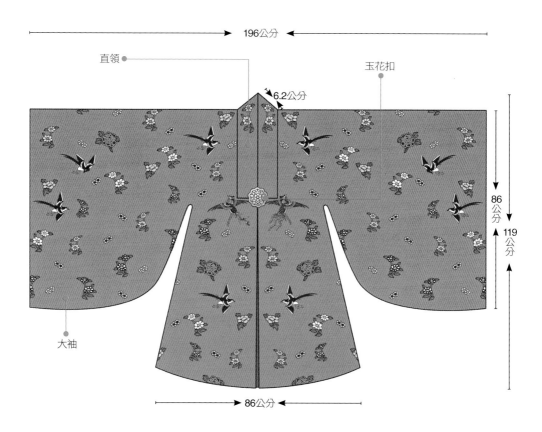

參考自孔府舊藏桃紅紗地彩繡花鳥紋披風

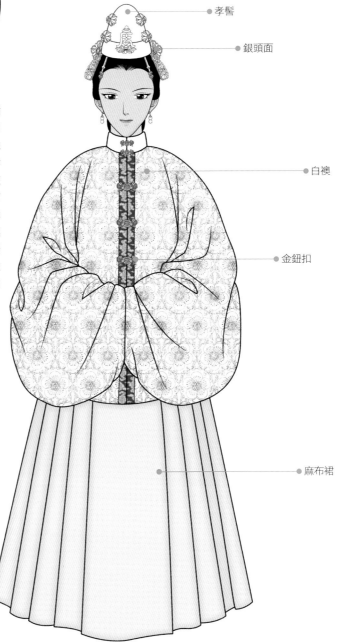

其他（一）

喪服：孝髻孝裙

孝髻即白鬃髻，上面可以插戴各式素銀頭面，孝裙是用麻布製成的裙子。明代女性在喪禮及守孝期間頭戴孝髻，身穿白衣、孝裙，即使是會客、出行或參加一些吉禮場合仍不變裝束，以表示有孝在身。如《白娘子永鎮雷峰塔》中描寫白娘子出場時的裝扮，就是頭戴孝髻並插素釵梳、身穿白絹衫兒和細麻布裙。

孝髻

銀頭面

白襖

金鈕扣

麻布裙

其他（二）

比甲

又稱為「半臂」、「背心」、「背褡」、「坎肩」等，宋元時已十分流行，因其式樣與軍士所穿齊腰甲相似，故被稱為「比甲」。明代女性多將比甲穿於襖裙之外，早期比甲多為短款，以方領、圓領為主，對襟，短袖或無袖，領、襟等處施有緣邊，衣襟用金屬鈕扣固定。明後期也出現了長款比甲，主要是丫鬟、僕婦穿著。

鞋襪

明代女性普遍纏足，女鞋款式以弓鞋為主，鞋尖上翹成鉤狀，鞋面一般分為兩片，前後對縫合成，後跟處綴有方形提跟。由於鞋首似鳳嘴，故也稱作「鳳頭鞋」。有的鞋底還綴有高跟，稱為「高底鞋」。鞋內穿襪，另外在小腿上還穿有膝褲，長可掩足，膝褲上通常裝飾有各種精美的紋樣。《劉小官雌雄兄弟》中有纏足的描述：「腳頭纏緊，套上一雙窄窄的尖頭鞋兒」；以及《喬太守亂點鴛鴦譜》中，曾提到鳳頭鞋：「那女子的（足）尖尖趫趫，鳳頭一對，露在湘裙之下」。

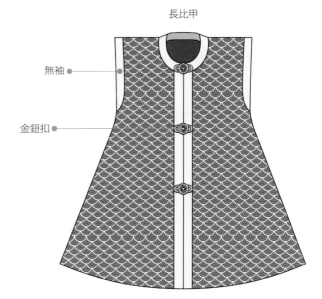

長比甲

無袖

金鈕扣

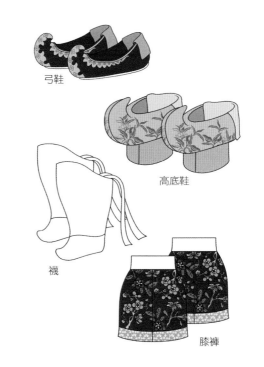

弓鞋

高底鞋

襪

膝褲

畫中女子仿照明代繪畫中的造型，頭綰髮髻，垂於腦後，身穿圓領對襟式長襖和馬面裙，是較為常見的明代士庶女性裝束。

原典選讀

馮夢龍 原著

《醒世恆言》
賣油郎獨占花魁

年少爭誇風月，場中波浪偏多。有錢無貌意難和，有貌無錢不可。

就是有錢有貌，還須著意揣摩。知情識趣俏哥哥，此道誰人賽我。

這首詞名為《西江月》，是風月機關中最要之論。常言道：「妓愛俏，媽愛鈔。」所以子弟行中，有了潘安般貌，鄧通般錢，自然上和下睦，做得煙花寨內的大王，鴛鴦會上的主盟。然雖如此，還有個兩字經兒，叫做幫襯。幫者，如鞋之有幫；襯者，如衣之有襯。但凡做小娘的，有一分所長，得人襯貼，就當十分。若有短處，曲意替他遮護，更兼低聲下氣，送暖偷寒，逢其所喜，避其所諱，以情度情，豈有不愛之理。這叫做幫襯。風月場中，只有會幫襯的最討便宜，無貌而有貌，無錢而有錢。假如鄭元和在卑田院做了乞兒，此時囊篋俱空，容顏非舊，李亞仙於雪天遇之，便動了一個惻隱之心，將繡襦包裹，美食供養，與他做了夫妻。這豈是愛他之錢，戀他之貌？只為鄭元和識趣知情，善於幫襯，所以亞仙心中舍他不得。你只看亞仙病中想馬板腸湯喫，鄭元和就把個五花馬殺了，取腸煮湯奉之。只這一節上，亞仙如何不念其情。後來鄭元和中了狀元，李亞仙封為汴國夫人。《蓮花落》打出萬年策，卑田院只做了白玉堂。一床錦被遮蓋，風月場中反為美談。這是：

運退黃金失色，時來鐵也生光。

話說大宋自太祖開基，太宗嗣位，歷傳真、仁、英、神、哲，共是七代帝王，都則偃武修文，民安國泰。到了徽宗道君皇帝，信任蔡京、高俅、楊戩、朱勔之徒，大興苑囿，專務游樂，不以朝政為事。以致萬民嗟怨，金虜乘之而起，把花錦般一個世界，弄得七零八落。直至二帝蒙塵，高宗泥馬渡江，偏安一隅，天下分為南北，方得休息。其中數十年，百姓受了多少苦楚。正是：

甲馬叢中立命，刀鎗隊裏為家。殺戮如同戲耍，搶奪便是生涯。

內中單表一人，乃汴梁城外安樂村居住，姓莘，名善，渾家阮氏。夫妻兩口，開個六陳舖兒。雖則糶米為生，一應麥荳茶酒油鹽雜貨，無所不備，家道頗頗得過。年過四旬，止生一女，小名叫做瑤琴。自小生得清秀，更且資性聰明。七歲上，送在村學中讀書，日誦千言。十歲時，便能吟詩作賦。曾有《閨情》一絕，為人傳誦。詩云：

朱簾寂寂下金鉤，香鴨沉沉冷畫樓。移枕怕驚鴛並宿，挑燈偏恨蕊雙頭。

到十二歲，琴棋書畫，無所不通。若題起女工一事，飛針走線，出人意表。此乃天生伶俐，非教習之所能也。莘善因為自家無子，要尋個養女婿，來家靠老。只因女兒靈巧多能，難乎其配。所以求親

者頗多，都不曾許。不幸遇了金虜猖獗，把汴梁城圍困，四方勤王之師雖多，宰相主了和議，不許廝殺。以致虜勢愈甚。打破了京城，劫遷了二帝。那時城外百姓，一個個亡魂喪膽，攜老扶幼，棄家逃命。卻說莘善領著渾家阮氏，和十二歲的女兒，同一般逃難的，背著包裹，結隊而走。

忙忙如喪家之犬，急急如漏網之魚。擔渴擔飢擔勞苦，此行誰是家鄉；叫天叫地叫祖宗，惟願不逢韃虜。正是：寧為太平犬，莫作亂離人！

正行之間，誰想韃子到不曾遇見，卻逢著一陣敗殘的官兵。他看見許多逃難的百姓，多背得有包裹，假意吶喊道：「韃子來了！」沿路放起一把火來。此時天色將晚，嚇得眾百姓落荒亂竄，你我不相顧。他就乘機搶掠。若不肯與他，就殺害了。這是亂中生亂，苦上加苦。卻說莘氏瑤琴，被亂軍沖突，跌了一交，爬起來，不見了爹娘。不敢叫喚，躲在道傍古墓之中，過了一夜。到天明，出外看時，但見滿目風沙，死屍橫路。昨日同時避難之人，都不知所往。瑤琴思念父母，痛哭不已。欲待尋訪，又不認得路徑。只得望南而行。哭一步，捱一步。約莫走了二里之程。心上又苦，腹中又飢。望見土房一所，想必其中有人，欲待求乞些湯飲。及至向前，卻是破敗的空屋，人口俱逃難去了。瑤琴坐於土牆之下，哀哀而哭。自古道：無巧不成

話。恰好有一人從牆下而過。那人姓卜，名喬，正是莘善的近鄰，平昔是個游手游食，不守本分，攢喫白食，用白錢的主兒。人都稱他是卜大郎。也是被官軍沖散了同夥，今日獨自而行。聽得啼哭之聲，慌忙來看。瑤琴自小相認，今日患難之際，舉目無親，見了近鄰，分明見了親人一般，即忙收淚，起身相見。問道：「卜大叔，可曾見我爹媽麼？」卜喬心中暗想：「昨日被官軍搶去包裹，正沒盤纏。天生這碗衣飯，送來與我，正是奇貨可居。」便扯個謊，道：「你爹和媽，尋你不見，好生痛苦。如今前面去了。分付我道：『倘或見我女兒，千萬帶了她來，送還了我。』許我厚謝。」瑤琴雖是聰明，正當無可奈何之際，君子可欺以其方，遂全然不疑，隨著卜喬便走，正是：

　情知不是伴，事急且相隨。

　卜喬將隨身帶的乾糧，把些與她喫了，分付道：「你爹媽連夜走的。若路上不能相遇，直要過江到建康府，方可相會。一路上同行，我權把你當女兒，你權叫我做爹。不然，只道我收留迷失子女，不當穩便。」瑤琴依允。從此陸路同步，水路同舟，爹女相稱。到了建康府，路上又聞得金兀尤四太子，引兵渡江。眼見得建康不得寧息。又聞得康王即位，已在杭州駐蹕，改名臨安。遂趁船到潤州。過了蘇常嘉湖，直到臨安地面，暫且飯店中居

住。也虧卜喬，自汴京至臨安，三千餘里，帶那莘瑤琴下來。身邊藏下些散碎銀兩，都用盡了，連身上外蓋衣服，脫下准了店錢，止剩得莘瑤琴一件活貨，欲行出脫。訪得西湖上烟花王九媽家要討養女，遂引九媽到店中，看貨還錢。九媽見瑤琴生得標致，講了財禮五十兩。卜喬兌足了銀子，將瑤琴送到王家。原來卜喬有智，在王九媽前，只說：「瑤琴是我親生之女，不幸到你門戶人家，須是軟款的教訓，她自然從順，不要性急。」在瑤琴面前，又說：「九媽是我至親，權時把你寄頓她家。待我從容訪知你爹媽下落，再來領你。」以此，瑤琴欣然而去。

可憐絕世聰明女，墮落烟花羅網中。

王九媽新討了瑤琴，將她渾身衣服，換個新鮮，藏於曲樓深處，終日好茶好飯，去將息她，好言好語，去溫暖她。瑤琴既來之，則安之。住了幾日，不見卜喬回信。思量爹媽，噙著兩行珠淚，問九媽道：「卜大叔怎不來看我？」九媽道：「那個卜大叔？」瑤琴道：「便是引我到你家的那個卜大郎。」九媽道：「他說是你的親爹。」瑤琴道：「他姓卜，我姓莘。」遂把汴梁逃難，失散了爹媽，中途遇見了卜喬，引到臨安，並卜喬哄她的說話，細述一遍。九媽道：「原來恁地，你是個孤身女兒，無腳蟹。我索性與你說明罷：那姓卜的把你賣在我家，

得銀五十兩去了。我們是門戶人家，靠著粉頭過活。家中雖有三四個養女，並沒個出色的。愛你生得齊整，把做個親女兒相待。待你長成之時，包你穿好喫好，一生受用。」瑤琴聽說，方知被卜喬所騙，放聲大哭。九媽勸解，良久方止。自此九媽將瑤琴改做王美，一家都稱為美娘，教她吹彈歌舞，無不盡善。長成一十四歲，嬌豔非常。臨安城中，這些富豪公子，慕其容貌，都備著厚禮求見。也有愛清標的，聞得她寫作俱高，求詩求字的，日不離門。弄出天大的名聲出來，不叫她美娘，叫她做花魁娘子。西湖上子弟編出一支《掛枝兒》，單道那花魁娘子的好處：

小娘中，誰似得王美兒的標致，又會寫，又會畫，又會做詩，吹彈歌舞都餘事。常把西湖比西子，就是西子比她也還不如！那個有福的湯著她身兒，也情願一個死。

王九媽聽得這些風聲，怕壞了門面，來勸女兒接客。王美執意不肯，說道：「要我會客時，除非見了親生爹媽。他肯做主時，方纔使得。」王九媽心裏又惱她，又不捨得難為她。捱了好些時。偶然有個金二員外，大富之家，情願出三百兩銀子，梳弄美娘。九媽得了這主大財，心生一計，與金二員外商議，若要她成就，除非如此如此。金二員外意會了。其日八月十五日，只說請王美湖上看潮。請

至舟中，三四個幫閒，俱是會中之人，猜拳行令，做好做歉，將美娘灌得爛醉如泥。扶到王九媽家樓中，臥於床上，不省人事。此時天氣和暖，又沒幾層衣服。媽兒親手伏侍，剝得她赤條條，任憑金二員外行事。

五鼓時，美娘酒醒，已知鴇兒用計，破了身子。自憐紅顏命薄，遭此強橫，起來解手，穿了衣服，自在床邊一個斑竹榻上，朝著裏壁睡了，暗暗垂淚。金二員外來親近她時，被她劈頭劈臉，抓有幾個血痕。金二員外好生沒趣。捱得天明，對媽兒說聲：「我去也。」媽要留他時，已自出門去了。從來梳弄的子弟，早起時，媽兒進房賀喜，行戶中都來稱賀，還要喫幾日喜酒。那子弟多則住一二月，最少也住半月二十日。只有金二員外侵早出門，是從來未有之事。王九媽連叫詫異，披衣起身上樓，只見美娘臥於榻上，滿眼流淚。九媽要哄她上行，連聲招許多不是。美娘只不開口。九媽只得下樓去了。美娘哭了一日，茶飯不沾。從此托病，不肯下樓，連客也不肯會面了。

九媽心下焦燥。欲待把她凌虐，又恐她烈性不從，反冷了她的心腸。欲待絲她，本是要她賺錢。若不接客時，就養到一百歲也沒用。躊躕數日，無計可施。忽然想起，有個結義妹子，叫做劉四媽，時常往來。她能言快語，與美娘甚說得著。何不接

取她來，下個說詞。若得她回心轉意，大大的燒個利市。當下叫保兒去請劉四媽到前樓坐下，訴以衷情。劉四媽道：「老身是個女隨何，雌陸賈，說得羅漢思情，嫦娥想嫁。這件事都在老身身上。」九媽道：「若得如此，做姐的情願與你磕頭。你多喫杯茶去，省得說話時口乾。」劉四媽道：「老身天生這副海口，便說到明日，還不乾哩。」劉四媽喫了幾杯茶，轉到後樓，只見樓門緊閉。劉四媽輕輕的叩了一下，叫聲：「姪女！」美娘聽得是四媽聲音，便來開門。兩下相見了。四媽靠桌朝下而坐，美娘傍坐相陪。四媽看她桌上鋪著一幅細絹，纔畫得個美人的臉兒，還未曾著色。四媽稱贊道：「畫得好，真是巧手！九阿姐不知怎生樣造化，偏生遇著你這一個伶俐女兒。又好人物，又好技藝，就是堆上幾千兩黃金，滿臨安走遍，可尋出個對兒麼？」美娘道：「休得見笑！今日甚風吹得姨娘到來？」劉四媽道：「老身時常要來看你，只為家務在身，不得空閒。聞得你恭喜梳弄了。今日偷空而來，特特與九阿姐叫喜。」美兒聽得提起梳弄二字，滿臉通紅，低著頭不來答應。劉四媽知她害羞，便把椅兒掇上一步，將美娘的手兒牽著，叫聲：「我兒！做小娘的，不是個軟殼雞蛋，怎的這般嫩得緊？似你恁地怕羞，如何賺得大主銀子？」美娘道：「我要銀子做甚？」四媽道：「我兒，你便

不要銀子，做娘的，看得你長大成人，難道不要出本？自古道，靠山喫山，靠水喫水。九阿姐家有幾個粉頭，那一個趕得上你的腳跟來？一園瓜，只看得你是個瓜種。九阿姐待你也不比其他。你是聰明伶俐的人，也須識些輕重。聞得你自梳弄之後，一個客也不肯相接。是甚麼意兒？都像你的意時，一家人口，似蠶一般，那個把桑葉喂他？做娘的抬舉你一分，你也要與他爭口氣兒，莫要反討眾丫頭們批點。」美娘道：「繇他批點，怕怎的！」劉四媽道：「阿呀！批點是個小事，你可曉得門戶中的行徑麼？」美娘道：「行徑便怎的？」劉四媽道：「我們門戶人家，喫著女兒，穿著女兒，用著女兒。僥倖討得一個像樣的，分明是大戶人家置了一所良田美產。年紀幼小時，巴不得風吹得大。到得梳弄過後，便是田產成熟，日日指望花利到手受用。前門迎新，後門送舊，張郎送米，李郎送柴，往來熱鬧，纔是個出名的姊妹行家。」美娘道：「羞答答，我不做這樣事！」劉四媽掩著口，格的笑了一聲，道：「不做這樣事，可是繇得你的？一家之中，有媽媽做主。做小娘的若不依她教訓，動不動一頓皮鞭，打得你不生不死。那時不怕你不走她的路兒。九阿姐一向不難為你，只可惜你聰明標致，從小嬌養的，要惜你的廉恥，存你的體面。方纔告訴我許多話，說你不識好歹，放著鵝毛不知輕，頂著磨子

不知重，心下好生不悅。教老身來勸你。你若執意不從，惹她性起，一時翻過臉來，罵一頓，打一頓，你待走上天去！凡事只怕個起頭。若打破了頭時，朝一頓，暮一頓，那時熬這些痛苦不過，只得接客，卻不把千金聲價弄得低微了。還要被姊妹中笑話。依我說，弔桶已自落在他井裏，掙不起了。不如千歡萬喜，倒在娘的懷裏，落得自己快活。」美娘道：「奴是好人家兒女，誤落風塵，倘得姨娘主張從良，勝造九級浮圖。若要我倚門獻笑，送舊迎新，寧甘一死，決不情願。」劉四媽道：「我兒，從良是個有志氣的事，怎麼說道不該！只是從良也有幾等不同。」美娘道：「從良有甚不同之處？」劉四媽道：「有個真從良，有個假從良。有個苦從良，有個樂從良。有個趁好的從良，有個沒奈何的從良。有個了從良，有個不了的從良。我兒耐心聽我分說。如何叫做真從良？大凡才子必須佳人，佳人必須才子，方成佳配。然而好事多磨，往往求之不得。幸然兩下相逢，你貪我愛，割舍不下。一個願討，一個願嫁。好像捉對的蠶蛾，死也不放。這個謂之真從良。怎麼叫做假從良？有等子弟愛著小娘，小娘卻不愛那子弟。本心不願嫁他，只把個嫁字兒哄他心熱，撒漫銀錢。比及成交，卻又推故不就。又有一等癡心的子弟，曉得小娘心腸不對他，偏要娶她回去。拚著一主大錢，動了媽兒的火，

不怕小娘不肯。勉強進門，心中不順，故意不守家規，小則撒潑放肆，大則公然偷漢。人家容留不得，多則一年，少則半載，依舊放她出來，為娼接客。把從良二字，只當個撰錢的題目。這個謂之假從良。如何叫做苦從良？一般樣子弟愛小娘，小娘不愛那子弟，卻被他以勢凌之。媽兒懼禍，已自許了。做小娘的，身不繇主，含淚而行。一入侯門，如海之深，家法又嚴，抬頭不得。半妾半婢，忍死度日。這個謂之苦從良。如何叫做樂從良？做小娘的，正當擇人之際，偶然相交個子弟。見他情性溫和，家道富足，又且大娘子樂善，無男無女，指望他日過門，與他生育，就有主母之分。以此嫁他，圖個日前安逸，日後出身。這個謂之樂從良。如何叫做趁好的從良？做小娘的，風花雪月，受用已勾，趁這盛名之下，求之者眾，任我揀擇個十分滿意的嫁他，急流勇退，及早回頭，不致受人怠慢。這個謂之趁好的從良。如何叫做沒奈何的從良？做小娘的，原無從良之意，或因官司逼迫，或因強橫欺瞞，又或因債負太多，將來賠償不起，彆口氣，不論好歹，得嫁便嫁，買靜求安，藏身之法，這謂之沒奈何的從良。如何叫做了從良？小娘半老之際，風波歷盡，剛好遇個老成的孤老，兩下志同道合，收繩捲索，白頭到老，這個謂之了從良。如何叫做不了的從良？一般你貪我愛，火熱的跟他，卻

是一時之興，沒有個長算。或者尊長不容，或者大娘妒忌，鬧了幾場，發回媽家，追取原價。又有個家道凋零，養她不活，苦守不過，依舊出來趕趁，這謂之不了的從良。」

美娘道：「如今奴家要從良，還是怎地好？」劉四媽道：「我兒，老身教你個萬全之策。」美娘道：「若蒙教導，死不忘恩。」劉四媽道：「從良一事，入門為淨。況且你身子已被人捉弄過了，就是今夜嫁人，叫不得個黃花女兒。千錯萬錯，不該落於此地。這就是你命中所招了。做娘的費了一片心機，若不幫她幾年，趁過千把銀子，怎肯放你出門？還有一件，你便要從良，也須揀個好主兒。這些臭嘴臭臉的，難道就跟他不成？你如今一個客也不接，曉得那個該從，那個不該從？假如你執意不肯接客，做娘的沒奈何，尋個肯出錢的主兒，賣你去做妾，這也叫做從良。那主兒或是年老的，或是貌醜的，或是一字不識的村牛，你卻不玷髒了一世！比著把你料在水裏，還有撲通的一聲響，討得傍人叫一聲可惜。依著老身愚見，還是俯從人願，憑著做娘的接客。似你恁般才貌，等閒的料也不敢相扳。無非是王孫公子，貴客豪門，也不辱莫了你一生。風花雪月，趁著年少受用，二來作成媽兒起個家事，三來使自己也積趲些私房，免得日後求人。過了十年五載，遇個知心著意的，說得來，話得著，

那時老身與你做媒，好模好樣的嫁去，做娘的也放得你下了。可不兩得其便？」美娘聽說，微笑而不言。劉四媽已知美娘心中活動了，便道：「老身句句是好話。你依著老身的話時，後來還當感激我哩。」說罷，起身。王九媽立在樓門之外，一句句都聽得的。美娘送劉四媽出房門，劈面撞著了九媽，滿面羞慚，縮身進去。王九媽隨著劉四媽，再到前樓坐下。劉四媽道：「姪女十分執意，被老身右說左說，一塊硬鐵看看溶做熱汁。你如今快快尋個覆帳的主兒，她必然肯就。那時做妹子的再來賀喜。」王九媽連連稱謝。是日備飯相待，盡醉而別。後來西湖上子弟們又有隻《掛枝兒》，單說那劉四媽說詞一節：

劉四媽，你的嘴舌兒好不利害！便是女隨何，雌陸賈，不信有這大才！說著長，道著短，全沒些破敗。就是醉夢中，被你說得醒；就是聰明的，被你說得呆。好個烈性的姑姑，也被你說得她心地改。

再說王美娘纔聽了劉四媽一席話兒，思之有理。以後有客求見，欣然相接。覆帳之後，賓客如市。捱三頂五，不得空閒，聲價愈重。每一晚白銀十兩，兀自你爭我奪。王九媽賺了若干錢鈔，歡喜無限。美娘也留心要揀個知心著意的，急切難得。正是：

易求無價寶，難得有情郎。

話分兩頭。卻說臨安城清波門外，有個開油店的朱十老，三年前過繼一個小廝，也是汴京逃難來的，姓秦名重，母親早喪，父親秦良，十三歲上將他賣了，自己在上天竺去做香火。朱十老因年老無嗣，又新死了媽媽，把秦重做親子看成，改名朱重，在店中學做賣油生意。初時父子坐店甚好。後因十老得了腰痛的病，十眠九坐，勞碌不得，另招個夥計，叫做邢權，在店相幫。光陰似箭，不覺四年有餘。朱重長成一十七歲，生得一表人才，須然已冠，尚未娶妻。那朱十老家有個侍女，叫做蘭花，年已二十之外，存心看上了朱小官人，幾遍的倒下鉤子去勾搭他。誰知朱重是個老實人，又且蘭花齷齪醜陋，朱重也看不上眼。以此落花有意，流水無情。那蘭花見勾搭朱小官人不上，別尋主顧，就去勾搭那夥計邢權。邢權是望四之人，沒有老婆，一拍就上。兩個暗地偷情，不止一次。反怪朱小官人礙眼，思量尋事趕他出門。邢權與蘭花兩個，裏應外合，使心設計。蘭花便在朱十老面前，假意撇清說：「小官人幾番調戲，好不老實！」朱十老平時與蘭花也有一手，未免有拈酸之意。邢權又將店中賣下的銀子藏過，在朱十老面前說道：「朱小官在外賭博，不長進，櫃裏銀子，幾次短少，都是他偷去了。」初次朱十老還不信，接連幾次，朱十老年老糊塗，沒有主意，就喚朱重過來，

責罵了一場。

朱重是個聰明的孩子，已知邢權與蘭花的計較，欲待分辨，惹起是非不小。萬一老者不聽，枉做惡人。心生一計，對朱十老說道：「店中生意淡薄，不消得二人。如今讓邢主管坐店，孩兒情願挑擔子出去賣油。賣得多少，每日納還，可不是兩重生意？」朱十老心下也有許可之意。又被邢權說道：「他不是要挑擔出去，幾年上偷銀子做私房，身邊積趲有餘了，又怪你不與他定親，心下怨悵，不願在此相幫，要討個出場，自去娶老婆，做人家去。」朱十老嘆口氣道：「我把他做親兒看成，他卻如此歹意！皇天不祐！罷，罷，不是自身骨血，到底粘連不上，繇他去罷！」遂將三兩銀子，把與朱重，打發出門。寒夏衣服和被窩都教他拿去。這也是朱十老好處。朱重料他不肯收留，拜了四拜，大哭而別。正是：

孝己殺身因謗語，申生喪命為讒言。親生兒子猶如此，何怪螟蛉受枉冤。

原來秦良上天竺做香火，不曾對兒子說知。朱重出了朱十老之門，在眾安橋下賃了一間小小房兒，放下被窩等件，買巨鎖兒鎖了門，便往長街短巷，訪求父親。連走幾日，全沒消息。沒奈何，只得放下。在朱十老家四年，赤心忠良，並無一毫私蓄。只有臨行時打發這三兩銀子，不勾本錢，做什麼

生意好？左思右量，只有油行買賣是熟閒。這些油坊多曾與他識熟，還去挑個賣油擔子，是個穩足的道路。當下置辦了油擔家火，剩下的銀兩，都交付與油坊取油。那油坊裏認得朱小官是個老實好人，況且小小年紀，當初坐店，今朝挑擔上街，都因邢夥計挑撥他出來，心中甚是不平，有心扶持他，只揀窨清的上好淨油與他，簽子上又明讓他些。朱重得了這些便宜，自己轉賣與人，也放些寬，所以他的油比別人分外容易出脫。每日所賺的利息，又且儉喫儉用，積下東西來，置辦些日用家業，及身上衣服之類，並無妄廢。心中只有一件事未了，牽掛著父親，思想：「向來叫做朱重，誰知我是姓秦！倘或父親來尋訪之時，也沒有個因由。」遂復姓為秦。說話的，假如上一等人，有前程的，要復本姓，或具箚子奏過朝廷，或關白禮部、太學、國學等衙門，將冊籍改正，眾所共知。一個賣油的，復姓之時，誰人曉得？他有個道理，把盛油的桶兒，一面大大寫個「秦」字，一面寫「汴梁」二字，將油桶做個標識，使人一覽而知。以此臨安市上，曉得他本姓，都呼他為秦賣油。

　　時值二月天氣，不暖不寒，秦重聞知昭慶寺僧人，要起個九晝夜功德，用油必多，遂挑了油擔來寺中賣油。那些和尚們也聞知秦賣油之名，他的油比別人又好又賤，單單作成他。所以一連這九日，

秦重只在昭慶寺走動。正是：

刻薄不賺錢，忠厚不折本。

這一日是第九日了。秦重在寺出脫了油，挑了空擔出寺。其日天氣晴明，游人如蟻。秦重遶河而行。遙望十景塘桃紅柳綠，湖內畫船簫鼓，往來游玩，觀之不足，玩之有餘。走了一回，身子困倦，轉到昭慶寺右邊，望個寬處，將擔子放下，坐在一塊石上歇腳。近側有個人家，面湖而住，金漆籬門，裏面朱欄內，一叢細竹。未知堂室何如，先見門庭清整。只見裏面三四個戴巾的從內而出，一個女娘後面相送。到了門首，兩下把手一拱，說聲請了，那女娘竟進去了。秦重定睛觀之，此女容顏嬌麗，體態輕盈，目所未覩，准准的呆了半晌，身子都酥麻了。他原是個老實小官，不知有烟花行徑，心中疑惑，正不知是什麼人家。方正疑思之際，只見門內又走出個中年的媽媽，同著一個垂髮的丫頭，倚門閒看。那媽媽一眼瞧著油擔，便道：「阿呀！方纔我家無油，正好有油擔子在這裏，何不與他買些？」那丫鬟同那媽媽出來，走到油擔子邊，叫聲：「賣油的！」秦重方纔聽見，回言道：「沒有油了！媽媽要用油時，明日送來。」那丫鬟也認得幾個字，看見油桶上寫個秦字，就對媽媽道：「賣油的姓秦。」媽媽也聽得人閒講，有個秦賣油，做生意甚是忠厚。遂分付秦重道：「我家每日要油

用，你肯挑來時，與你做個主顧。」秦重道：「承媽媽作成，不敢有誤。」那媽媽與丫鬟進去了。秦重心中想道：「這媽媽不知是那女娘的什麼人？我每日到她家賣油，莫說賺她利息，圖個飽看那女娘一回，也是前生福分。」正欲挑擔起身，只見兩個轎夫，抬著一頂青絹幔的轎子，後邊跟著兩小廝，飛也似跑來。到了其家門首，歇下轎子。那小廝走進裏面去了。秦重道：「卻又作怪！著他接什麼人？」少頃之間，只見兩個丫鬟，一個捧著猩紅的氈包，一個拿著湘妃竹攢花的拜匣，都交付與轎夫，放在轎座之下。那兩個小廝手中，一個抱著琴囊，一個捧著幾個手卷，腕上掛碧玉簫一枝，跟著起初的女娘出來。女娘上了轎，轎夫抬起望舊路而去。丫鬟小廝，俱隨轎步行。秦重又得親炙一番，心中愈加疑惑。挑了油擔子，洋洋的去。

不過幾步，只見臨河有一個酒館。秦重每常不喫酒，今日見了這女娘，心下又歡喜，又氣悶，將擔子放下，走進酒館，揀個小座頭坐下。酒保問道：「客人還是請客，還是獨酌？」秦重道：「有上好的酒，拿來獨飲三杯。時新菓子一兩碟，不用葷菜。」酒保斟酒時，秦重問道：「那邊金漆籬門內是什麼人家？」酒保道：「這是齊衙內的花園。如今王九媽住下。」秦重道：「方纔看見有個小娘子上轎，是什麼人？」酒保道：「這是有名的粉頭，叫做王美娘，人都稱為花魁

娘子。她原是汴京人，流落在此。吹彈歌舞，琴碁書畫，件件皆精。來往的都是大頭兒，要十兩放光，纔宿一夜哩，可知小可的也近她不得。當初住在湧金門外，因樓房狹窄，齊舍人與她相厚。半載之前，把這花園借與她住。」秦重聽得說是汴京人，觸了個鄉里之念，心中更有一倍光景。喫了數杯，還了酒錢，挑了擔子，一路走，一路的肚中打稿道：「世間有這樣美貌的女子，落於娼家，豈不可惜！」又自家暗笑道：「若不落於娼家，我賣油的怎生得見！」又想一回，越發癡起來了，道：「人生一世，草生一秋。若得這等美人摟抱了睡一夜，死也甘心。」又想一回道：「呸！我終日挑這油擔子，不過日進分文，怎麼想這等非分之事！正是癩蝦蟆在陰溝裏想著天鵝肉喫，如何到口！」又想一回道：「她相交的，都是公子王孫。我賣油的，縱有了銀子，料她也不肯接我。」又想一回道：「我聞得做老鴇的，專要錢鈔。就是個乞兒，有了銀子，她也就肯接了，何況我做生意的，青青白白之人。若有了銀子，怕她不接！只是那裏來這幾兩銀子？」一路上胡思亂想，自言自語。你道天地間有這等癡人，一個做小經紀的，本錢只有三兩，卻要把十兩銀子去嫖那名妓，可不是個春夢！自古道：有志者事竟成。被他千思萬想，想出一個計策來。他道：「從明日為始，逐日將本錢扣出，餘下的積趲上去。一日積得一分，一年也有三兩六錢之數。只消三

年，這事便成了。若一日積得二分，只消得年半；若再多得些，一年也差不多了。」想來想去，不覺走到家裏，開鎖進門。只因一路上想著許多閒事，回來看了自家的睡鋪，慘然無歡，連夜飯也不要喫，便上了床。這一夜翻來覆去，牽掛著美人，那裏睡得著。

只因月貌花容，引起心猿意馬。

捱到天明，爬起來，就裝了油擔，煮早飯喫了，匆匆挑了油擔子，一徑走到王媽媽家去。進了門，卻不敢直入，舒著頭，往裏面張望，王媽媽恰纔起床，還蓬著頭，正分付保兒買飯菜。秦重識得聲音，叫聲：「王媽媽。」九媽往外一張，見是秦賣油，笑道：「好忠厚人！果然不失信。」便叫他挑擔進來，稱了一瓶，約有五斤多重，公道還錢。秦重並不爭論。王九媽甚是歡喜，道：「這瓶油，只勾我家兩日用。但隔一日，你便送來，我不往別處去買油。」秦重應諾，挑擔而出。只恨不曾遇見花魁娘子。「且喜扳下主顧，少不得一次不見，二次見，二次不見，三次見。只是一件，特為王九媽一家挑這許多路來，不是做生意的勾當。這昭慶寺是順路。今日寺中雖然不做功德，難道尋常不用油的？我且挑擔去問他。若扳得各房頭做個主顧，只消走錢塘門這一路，那一擔油儘勾出脫了。」秦重挑擔到寺內問時，原來各房和尚也正想著秦賣油。來得正好，多少不等，各各買他的油。秦重與各房

約定，也是間一日便送油來用。這一日是個雙日。自此日為始，但是單日，秦重別街道上做買賣；但是雙日，就走錢塘門這一路。一出錢塘門，先到王九媽家裏，以賣油為名，去看花魁娘子。有一日會見，也有一日不會見。不見時費了一場思想，便見時也只添了一層思想。正是：

天長地久有時盡，此恨此情無盡期。

再說秦重到了王九媽家多次，家中大大小小，沒一個不認得是秦賣油。時光迅速，不覺一年有餘。日大日小，只揀足色細絲，或積三分，或積二分，再少也積下一分。湊得幾錢，又打做大塊包。日積月累，有了一大包銀子，零星湊集，連自己也不識多少。其日是單日，又值大雨，秦重不出去做買賣。積了這一大包銀子，心中也自喜歡。「趁今日空閒，我把他上一上天平，見個數目。」打個油傘，走到對門傾銀舖裏，借天平兌銀。那銀匠好不輕薄，想著：「賣油的多少銀子，要架天平？只把個五兩頭等子與他，還怕用不著頭紐哩。」秦重把銀包子解開，都是散碎銀兩。大凡成錠的見少，散碎的就見多。銀匠是小輩，眼孔極淺，見了許多銀子，別是一番面目，想道：「人不可貌相，海水不可斗量。」慌忙架起天平，搬出若大若小許多法馬。秦重儘包而兌，一釐不多，一釐不少，剛剛一十六兩之數，上秤便是一斤。秦重心下想道：

「除去了三兩本錢，餘下的做一夜花柳之費，還是有餘。」又想道：「這樣散碎銀子，怎好出手！拿出來也被人看低了！見成傾銀店中方便，何不傾成錠兒，還覺冠冕。」當下兌足十兩，傾成一個足色大錠，再把一兩八錢，傾成水絲一小錠。剩下四兩二錢之數，拈一小塊，還了火錢，又將幾錢銀子，置下鑲鞋淨襪，新褶了一頂萬字頭巾。回到家中，把衣服漿洗得乾乾淨淨，買幾根安息香，薰了又薰。揀個晴明好日，侵早打扮起來。

雖非富貴豪華客，也是風流好後生。

秦重打扮得齊齊整整，取銀兩藏於袖中，把房門鎖了，一逕望王九媽家而來。那一時好不高興。及至到了門首，愧心復萌，想道：「時常挑了擔子在她家賣油，今日忽地去做嫖客，如何開口？」正在躊躇之際，只聽得呀的一聲門響，王九媽走將出來。見了秦重，便道：「秦小官今日怎的不做生意，打扮得恁般齊楚，往那裏去貴幹？」事到其間，秦重只得老著臉，上前作揖。媽媽也不免還禮。秦重道：「小可並無別事，專來拜望媽媽。」那鴇兒是老積年，見貌辨色，見秦重恁般裝束，又說拜望，「一定是看上了我家那個丫頭，要嫖一夜，或是會一個房。雖然不是個大勢主菩薩，搭在籃裏便是菜，捉在籃裏便是蟹，賺他錢把銀子買蔥菜，也是好的。」便滿臉堆下笑來，道：「秦小官

拜望老身，必有好處。」秦重道：「小可有句不識進退的言語，只是不好啟齒。」王九媽道：「但說何妨。且請到裏面客坐裏細講。」秦重為賣油雖曾到王家准百次，這客坐裏交椅，還不曾與他屁股做個相識，今日是個會面之始。王九媽到了客坐，不免分賓而坐，向著內裏喚茶。少頃，丫鬟托出茶來，看時卻是秦賣油。正不知什麼緣故，媽媽恁般相待，格格低了頭只是笑。王九媽看見，喝道：「有甚好笑！對客全沒些規矩！」丫鬟止住笑，收了茶杯自去。王九媽方纔開言問道：「秦小官有甚話，要對老身說？」秦重道：「沒有別話，要在媽媽宅上請一位姐姐喫一杯酒兒。」九媽道：「難道喫寡酒？一定要嫖了。你是個老實人，幾時動這風流之興？」秦重道：「小可的積誠，也非止一日。」九媽道：「我家這幾個姐姐，都是你認得的，不知你中意那一位？」秦重道：「別個都不要，單單要與花魁娘子相處一宵。」九媽只道取笑她，就變了臉道：「你出言無度！莫非奚落老娘麼？」秦重道：「小可是個老實人，豈有虛情。」九媽道：「糞桶也有兩個耳朵，你豈不曉得我家美兒的身價！倒了你賣油的竈，還不勾半夜歇錢哩。不如將就揀一個適興罷。」秦重把頸一縮，舌頭一伸，道：「恁的好賣弄！不敢動問，你家花魁娘子一夜歇錢要幾千兩？」九媽見他說耍話，卻又回嗔作喜，帶笑

而言道：「那要許多！只要得十兩敲絲。其他東道雜費，不在其內。」秦重道：「原來如此，不為大事。」袖中摸出這禿禿裏一大錠放光細絲銀子，遞與鴇兒道：「這一錠十兩重，足色足數，請媽媽收著。」又摸出一小錠來，也遞與鴇兒，又道：「這一小錠，重有二兩，相煩備個小東。望媽媽成就小可這件好事，生死不忘，日後再有孝順。」九媽見了這錠大銀，已自不忍釋手，又恐怕他一時高興，日後沒了本錢，心中懊悔，也要儘他一句纏好。便道：「這十兩銀子，你做經紀的人，積趲不易，還要三思而行。」秦重道：「小可主意已定，不要你老人家費心。」

九媽把這兩錠銀子收於袖中，道：「是便是了。還有許多煩難哩。」秦重道：「媽媽是一家之主，有甚煩難？」九媽道：「我家美兒，往來的都是王孫公子，富室豪家，真個是『談笑有鴻儒，往來無白丁』。她豈不認得你是做經紀的秦小官，如何肯接你？」秦重道：「但憑媽媽怎的委曲宛轉，成全其事，大恩不敢有忘！」九媽見他十分堅心，眉頭一皺，計上心來，扯開笑口道：「老身已替你排下計策，只看你緣法如何。做得成，不要喜；做不成，不要怪。美兒昨日在李學士家陪酒，還未曾回。今日是黃衙內約下遊湖；明日是張山人一班清客，邀她做詩社。後日是韓尚書的公子，數日前送下東道

在這裏。你且到大後日來看。還有句話，這幾日你且不要來我家賣油，預先留下個體面。又有句話，你穿著一身的布衣布裳，不像個上等闊客。再來時，換件紬緞衣服，教這些丫鬟們認不出你是秦小官。老娘也好與你裝謊。」秦重道：「小可一一理會得。」說罷，作別出門，且歇這三日生理，不去賣油，到典舖裏買了一件見成半新半舊的紬衣，穿在身上，到街坊閒走，演習斯文模樣。正是：

　　未識花院行藏，先習孔門規矩。

　　丟過那三日不題。到第四日，起個清早，便到王九媽家去。去得太早，門還未開。意欲轉一轉再來。這番裝扮希奇，不敢到昭慶寺去，恐怕和尚們批點。且到十景塘散步。良久又踅轉去。王九媽家門已開了。那門前卻安頓得有轎馬，門內有許多僕從，在那裏閒坐。秦重雖然老實，心下到也乖巧，且不進門，悄悄的招那馬夫問道：「這轎馬是誰家的？」馬夫道：「韓府裏來接公子的。」秦重已知韓公子夜來留宿，此時還未曾別。重復轉身，到一個飯店之中，喫了些見成茶飯，又坐了一回，方纔到王家探信。只見門前轎馬已自去了。進得門時，王九媽迎著，便道：「老身得罪，今日又不得工夫了。恰纔韓公子拉去東莊賞早梅。他是個長闊，老身不好違拗。聞得說，來日還要到靈隱寺，訪個棋師賭棋哩。齊衙內又來約過兩三次了。這是我家房

主，又是辭不得的。他來時，或三日五日的住了去，連老身也定不得個日子。秦小官，你真個要闞，只索耐心再等幾日。不然，前日的尊賜，分毫不動，要便奉還。」秦重道：「只怕媽媽不作成。若還遲，終無失，就是一萬年，小可也情願等著。」九媽道：「恁地時，老身便好張主！」秦重作別，方欲起身，九媽又道：「秦小官人，老身還有句話。你下次若來討信，不要早了。約莫申牌時分，有客沒客，老身把個實信與你。倒是越晏些越好。這是老身的妙用，你休錯怪。」秦重連聲道：「不敢，不敢！」這一日秦重不曾做買賣。次日，整理油擔，挑往別處去生理，不走錢塘門一路。每日生意做完，傍晚時分就打扮齊整，到王九媽家探信，只是不得功夫。又空走了一月有餘。

那一日是十二月十五，大雪方霽，西風過後，積雪成冰，好不寒冷。卻喜地下乾燥。秦重做了大半日買賣，如前粧扮，又去探信。王九媽笑容可掬，迎著道：「今日你造化，已是九分九厘了。」秦重道：「這一厘是欠著什麼？」九媽道：「這一厘麼？正主兒還不在家。」秦重道：「可回來麼？」九媽道：「今日是俞太尉家賞雪，筵席就備在湖船之內。俞太尉是七十歲的老人家，風月之事，已是沒分。原說過黃昏送來。你且到新人房裏，喫杯燙風酒，慢慢的等她。」秦重道：「煩媽媽引路。」王九

媽引著秦重，彎彎曲曲，走過許多房頭，到一個所在，不是樓房，卻是個平屋三間，甚是高爽。左一間是丫鬟的空房，一般有床榻桌椅之類，卻是備官鋪的；右一間是花魁娘子臥室，鎖著在那裏。兩旁又有耳房。中間客坐上面，掛一幅名人山水，香几上博山古銅爐，燒著龍涎香餅，兩旁書桌，擺設些古玩，壁上貼許多詩稿。秦重愧非文人，不敢細看。心下想道：「外房如此整齊，內室鋪陳，必然華麗。今夜儘我受用，十兩一夜，也不為多。」九媽讓秦小官坐於客位，自己主位相陪。少頃之間，丫鬟掌燈過來，抬下一張八仙桌兒，六碗時新果子，一架攢盒佳餚美醞，未曾到口，香氣撲人。九媽執盞相勸道：「今日眾小女都有客，老身只得自陪，請開懷暢飲幾杯。」秦重酒量本不高，況兼正事在心，只喫半杯。喫了一會，便推不飲。九媽道：「秦小官想餓了，且用些飯再喫酒。」丫鬟捧著雪花白米飯，一喫一添，放於秦重面前，就是一盞雜和湯。鴇兒量高，不用飯，以酒相陪。秦重喫了一碗，就放箸。九媽道：「夜長哩，再請些。」秦重又添了半碗。丫鬟提個行燈來，說：「浴湯熱了，請客官洗浴。」秦重原是洗過澡來的，不敢推托，只得又到浴堂，肥皂香湯，洗了一遍。重復穿衣入坐。九媽命撤去餚盒，用暖鍋下酒。此時黃昏已絕，昭慶寺裏的鐘都撞過了，美娘尚未回來。

玉人何處貪歡耍？等得情郎望眼穿！

常言道：等人心急。秦重不見表子回家，好生氣悶。卻被鴇兒夾七夾八，說些風話勸酒，不覺又過了一更天氣。只聽外面熱鬧鬧的，卻是花魁娘子回家，丫鬟先來報了。九媽連忙起身出迎。秦重也離坐而立。只見美娘喫得大醉，侍女扶將進來，到於門首，醉眼朦朧。看見房中燈燭輝煌，杯盤狼藉，立住腳問道：「誰在這裏喫酒？」九媽道：「我兒，便是我向日與你說的那秦小官人。他心中慕你，多時的送過禮來。因你不得工夫，擔擱他一月有餘了。你今日幸而得空，做娘的留他在此伴你。」美娘道：「臨安郡中，並不聞說起有什麼秦小官人！我不去接他。」轉身便走。九媽雙手托開，即忙攔住道：「他是個至誠好人，娘不誤你。」美娘只得轉身，才跨進房門，抬頭一看那人，有些面善，一時醉了，急切叫不出來，便道：「娘，這個人我認得他的，不是有名稱的子弟。接了他，被人笑話。」九媽道：「我兒，這是湧金門內開段鋪的秦小官人。當初我們住在湧金門時，想你也曾會過，故此面善。你莫識認錯了。做娘的見他來意志誠，一時許了他，不好失信。你看做娘的面上，胡亂留他一晚。做娘的曉得不是了，明日卻與你陪禮。」一頭說，一頭推著美娘的肩頭向前。美娘拗媽媽不過，只得進房相見。正是：

千般難出虔婆口，萬般難脫虔婆手。饒君縱有萬千般，不如跟著虔婆走。

這些言語，秦重一句句都聽得，佯為不聞。美娘萬福過了，坐於側首，仔細看著秦重，好生疑惑，心裏甚是不悅，嘿嘿無言。喚丫鬟將熱酒來，斟著大鍾。鴇兒只道她敬客，卻自家一飲而盡。九媽道：「我兒醉了，少喫些麼！」美兒那裏依她，答應道：「我不醉！」一連喫上十來杯。這是酒後之酒，醉中之醉，自覺立腳不住。喚丫鬟開了臥房，點上銀釘，也不卸頭，也不解帶，躧脫了綉鞋，和衣上床，倒身而臥。鴇兒見女兒如此做作，甚不過意。對秦重道：「小女平日慣了，她專會使性。今日她心中不知為什麼有些不自在，卻不干你事，休得見怪！」秦重道：「小可豈敢！」鴇兒又勸了秦重幾杯酒。秦重再三告止。鴇兒送入臥房，向耳傍分付道：「那人醉了，放溫存些。」又叫道：「我兒起來，脫了衣服，好好的睡。」美娘已在夢中，全不答應。鴇身只得去了。丫鬟收拾了杯盤之類，抹了桌子，叫聲：「秦小官人，安置罷。」秦重道：「有熱茶要一壺。」丫鬟泡了一壺濃茶，送進房裏。帶轉房門，自去耳房中安歇。秦重看美娘時，面對裏床，睡得正熟，把錦被壓於身下。秦重想酒醉之人，必然怕冷，又不敢驚醒她。忽見欄干上又放著一床大紅紵絲的錦被。輕輕的取下，蓋在美娘

身上，把銀燈挑得亮亮的，取了這壺熱茶，脫鞋上床，捱在美娘身邊，左手抱著茶壺在懷，右手搭在美娘身上，眼也不敢閉一閉。正是：

　　未曾握雨攜雲，也算偎香倚玉。

　　卻說美娘睡到半夜，醒將轉來，自覺酒力不勝，胸中似有滿溢之狀。爬起來，坐在被窩中，垂著頭，只管打乾噦。秦重慌忙也坐起來。知她要吐，放下茶壺，用手撫摩其背。良久，美娘喉間忍不住了，說時遲，那時快，美娘放開喉嚨便吐。秦重怕污了被窩，把自己的道袍袖子張開，罩在她嘴上。美娘不知所以，盡情一嘔，嘔畢，還閉著眼，討茶漱口。秦重下床，將道袍輕輕脫下，放在地平之上，摸茶壺還是暖的。斟上一甌香噴噴的濃茶，遞與美娘。美娘連喫了二碗，胸中雖然略覺豪燥，身子兀自倦怠。仍舊倒下，向裏睡去了。秦重脫下道袍，將吐下一袖的腌臢，重重裹著，放於床側，依然上床，擁抱似初。美娘那一覺直睡到天明方醒。覆身轉來，見傍邊睡著一人，問道：「你是那個？」秦重答道：「小可姓秦。」美娘想起夜來之事，恍恍惚惚，不甚記得真了，便道：「我夜來好醉！」秦重道：「也不甚醉。」又問：「可曾吐麼？」秦重道：「不曾。」美娘道：「這樣還好。」又想一想道：「我記得曾吐過的，又記得曾喫過茶來，難道做夢不成？」秦重方纔說道：「是曾吐來。小可見小娘子

多了杯酒，也防著要吐，把茶壺暖在懷裏。小娘子果然吐後討茶，小可斟上，蒙小娘子不棄，飲了兩甌。」美娘大驚道：「髒巴巴的，吐在那裏？」秦重道：「恐怕小娘子污了被褥，是小可把袖子盛了。」美娘道：「如今在那裏？」秦重道：「連衣服裹著，藏過在那裏。」美娘道：「可惜壞了你一件衣服。」秦重道：「這是小可的衣服，有幸得沾小娘子的餘瀝。」美娘聽說，心下想道：「有這般識趣的人！」心裏已有四五分歡喜了。

此時天色大明，美娘起身，下床小解。看著秦重，猛然想起是秦賣油，遂問道：「你實對我說，是什麼樣人？為何昨夜在此？」秦重道：「承花魁娘子下問，小子怎敢妄言。小可實是常來宅上賣油的秦重。」遂將初次看見送客，又看見上轎，心下想慕之極，及積趲嫖錢之事，備細述了一遍。「夜來得親近小娘子一夜，三生有幸，心滿意足。」美娘聽說，愈加可憐，道：「我昨夜酒醉，不曾招接得你。你乾折了多少銀子，莫不懊悔？」秦重道：「小娘子天上神仙，小可惟恐伏侍不周，但不見責，已為萬幸。況敢有非意之望！」美娘道：「你做經紀的人，積下些銀兩，何不留下養家？此地不是你來往的。」秦重道：「小可單只一身，並無妻小。」美娘頓了一頓，便道：「你今日去了，他日還來麼？」秦重道：「只這昨宵相親一夜，已慰生

平，豈敢又作癡想！」美娘想道：「難得這好人，又忠厚，又老實，又且知情識趣，隱惡揚善，千百中難遇此一人。可惜是市井之輩。若是衣冠子弟，情願委身事之。」正在沉吟之際，丫鬟捧洗臉水進來，又是兩碗姜湯。秦重洗了臉，因夜來未曾脫幘，不用梳頭，呷了幾口姜湯，便要告別。美娘道：「少住不妨，還有話說。」秦重道：「小可仰慕花魁娘子，在傍多站一刻，也是好的。但為人豈不自揣！夜來在此，實是大膽。惟恐他人知道，有玷芳名，還是早些去了安穩。」美娘點了一點頭，打發丫鬟出房，忙忙的開了減粧，取出二十兩銀子，送與秦重道：「昨夜難為了你，這銀兩權奉為資本，莫對人說。」秦重那裏肯受。美娘道：「我的銀子，來路容易。這些須酬你一宵之情，休得固遜。若本錢缺少，異日還有助你之處。那件污穢的衣服，我叫丫鬟湔洗乾淨了還你罷。」秦重道：「粗衣不煩小娘子費心。小可自會湔洗。只是領賜不當。」美娘道：「說那裏話！」將銀子搋在秦重袖內，推他轉身。秦重料難推卻，只得受了，深深作揖，捲了脫下這件齷齪道袍，走出房門。打從鴇兒房前經過，鴇兒看見，叫聲：「媽媽！秦小官去了。」王九媽正在淨桶上解手，口中叫道：「秦小官，如何去得恁早？」秦重道：「有些賤事，改日特來稱謝。」不說秦重去了，且說美娘與秦重雖然

沒點相干，見他一片誠心，去後好不過意。這一日因害酒，辭了客在家將息。千個萬個孤老都不想，倒把秦重整整的想一日。有《掛枝兒》為證：

俏冤家，須不是串花家的子弟，你是個做經紀本分人兒，那匡你會溫存，能軟款，知心知意。料你不是個使性的，料你不是個薄情的。幾番待放下思量也，又不覺思量起。

話分兩頭，再說邢權在朱十老家，與蘭花情熱，見朱十老病廢在床，全無顧忌。十老發作了幾場。兩個商量出一條計策來，俟夜靜更深，將店中資本席捲，雙雙的桃之夭夭，不知去向。次日天明，十老方知。央及鄰里，出了個失單，尋訪數日，並無動靜。深悔當日不合為邢權所惑，逐了朱重。如今日久見人心，聞知朱重，賃居眾安橋下，挑擔賣油，不如仍舊收拾他回來，老死有靠。只怕他記恨在心。教鄰舍好生勸他回家，但記好，莫記惡。秦重一聞此言，即日收拾了傢伙，搬回十老家裏。相見之間，痛哭了一場。十老將所存囊橐，盡數交付秦重。秦重自家又有二十餘兩本錢，重整店面，坐櫃賣油。因在朱家，仍稱朱重，不用秦字。不上一月，十老病重，醫治不痊，嗚呼哀哉。朱重搥胸大慟，如親父一般，殯殮成服，七七做了些好事。朱家祖墳在清波門外，朱重舉喪安葬，事事成禮。鄰里皆稱其厚德。事定之後，仍先開店。原來這油鋪

是個老店，從來生意原好；卻被邢權刻剝存私，將主顧弄斷了多少。今見朱小官在店，誰家不來作成。所以生理比前越盛。朱重單身獨自，急切要尋個老成幫手。有個慣做中人的，叫做金中，忽一日引著一個五十餘歲的人來。原來那人正是莘善，在汴梁城外安樂村居住。因那年避亂南奔，被官兵衝散了女兒瑤琴，夫妻兩口，淒淒惶惶，東逃西竄，胡亂的過了幾年。今日聞臨安興旺，南渡人民，大半安插在彼。誠恐女兒流落此地，特來尋訪，又沒消息。身邊盤纏用盡，欠了飯錢，被飯店中終日趕逐，無可奈何。偶然聽見金中說起朱家油鋪，要尋個賣油幫手。自己曾開過六陳鋪子，賣油之事，都則在行。況朱小官原是汴京人，又是鄉里，故此央金中引薦到來。朱重問了備細，鄉人見鄉人，不覺感傷。「既然沒處投奔，你老夫妻兩口，只住在我身邊，只當個鄉親相處，慢慢的訪著令愛消息，再作區處。」當下取兩貫錢把與莘善，去還了飯錢，連渾家阮氏也領將來，與朱重相見了，收拾一間空房，安頓他老夫婦在內。兩口兒也盡心竭力，內外相幫。朱重甚是歡喜。光陰似箭，不覺一年有餘。多有人見朱小官年長未娶，家道又好，做人又志誠，情願白白把女兒送他為妻。朱重因見了花魁娘子，十分容貌，等閒的不看在眼，立心要訪求個出色的女子，方纔肯成親。以此日復一日，擔擱下

去。正是：

曾觀滄海難為水，除卻巫山不是雲。

再說王美娘在九媽家，盛名之下，朝歡暮樂，真個口厭肥甘，身嫌錦繡。雖然如此，每遇不如意之處，或是子弟們任情使性，喫醋挑槽，或自己病中醉後，半夜三更，沒人疼熱，就想起秦小官人的好處來。只恨無緣再會。也是她桃花運盡，合當變更，一年之後，生出一段事端來。

卻說臨安城中，有個吳八公子，父親吳岳，見為福州大守。這吳八公子，打從父親任上回來，廣有金銀。平昔間也喜賭錢喫酒，三瓦兩舍走動。聞得花魁娘子之名，未曾識面，屢屢遣人來約，欲要嫖她。王美娘聞他氣質不好，不願相接，託故推辭，非止一次。那吳八公子也曾和著閒漢們親到王九媽家幾番，都不曾會。其時清明節屆，家家掃墓，處處踏青。美娘因連日遊春困倦，且是積下許多詩畫之債，未曾完得，分付家中：「一應客來，都與我辭去。」閉了房門，焚起一爐好香，擺設文房四寶，方欲舉筆，只聽得外面沸騰，卻是吳八公子，領著十餘個狠僕，來接美娘遊湖。因見鴇兒每次回他，在中堂行兇，打傢打伙，直鬧到美娘房前。只見房門鎖閉。原來妓家有個回客法兒，小娘躲在房內，卻把房門反鎖，支吾客人，只推不在。那老實的就被他哄過了。吳公子是慣家，這些套子，怎地

瞞得。分付家人扭斷了鎖，把房門一腳踢開。美娘躲身不迭，被公子看見，不由分說，教兩個家人，左右牽手，從房內直拖出房外來，口中兀自亂嚷亂罵。王九媽欲待上前陪禮解勸，看見勢頭不好，只得閃過。家中大小，躲得沒半個影兒。吳家狠僕牽著美娘，出了王家大門，不管她弓鞋窄小，望街上飛跑。八公子在後，揚揚得意。直到西湖口，將美娘攛下了湖船，方纔放手。美娘十二歲到王家，錦繡中養成，珍寶般供養，何曾受恁般凌賤。下了船，對著船頭，掩面大哭。吳八公子見了，放不下面皮，氣忿忿的像關雲長單刀赴會，一把交椅，朝外而坐，狠僕侍立於傍。一面分付開船，一面數一數二的發作一個不住：「小賤人，小娼根，不受人抬舉！再哭時，就討打了！」美娘那裏怕他，哭之不已。船至湖心亭，吳八公子分付擺盒在亭子內，自己先上去了，卻分付家人：「叫那小賤人來陪酒。」美娘抱住了欄杆，那裏肯去，只是嚎哭。吳八公子也覺沒興。自己喫了幾杯淡酒，收拾下船，自來扯美娘。美娘雙腳亂跳，哭聲愈高。八公子大怒，教狠僕拔去簪珥。美娘蓬著頭，跑到船頭上，就要投水，被家童們扶住。公子道：「你撒賴便怕你不成！就是死了，也只費得我幾兩銀子，不為大事。只是送你一條性命，也是罪過。你住了啼哭時，我就放回去，不難為你。」美娘聽說放她回

去，真個住了哭。八公子分付移船到清波門外僻靜之處，將美娘繡鞋脫下，去其裹腳，露出一對金蓮，如兩條玉筍相似。教狠僕扶她上岸，罵道：「小賤人！你有本事，自走回家，我卻沒人相送。」說罷，一篙子撐開，再向湖中而去。正是：

　　焚琴煮鶴從來有，惜玉憐香幾個知！

美娘赤了腳，寸步難行。思想：「自己才貌兩全，只為落於風塵，受此輕賤。平昔枉自結識許多王孫貴客，急切用他不著，受了這般凌辱。就是回去，如何做人？到不如一死為高。只是死得沒些名目，枉自享個盛名，到此地位，看著村莊婦人，也勝我十二分。這都是劉四媽這個花嘴，哄我落坑墮塹，致有今日！自古紅顏薄命，亦未必如我之甚！」越思越苦，放聲大哭。事有偶然，卻好朱重那日到清波門外朱十老的墳上，祭掃過了，打發祭物下船，自己步回，從此經過。聞得哭聲，上前看時，雖然蓬頭垢面，那玉貌花容，從來無兩，如何不認得！喫了一驚，道：「花魁娘子，如何這般模樣？」美娘哀哭之際，聽得聲音廝熟，止啼而看，原來正是知情識趣的秦小官。美娘當此之際，如見親人，不覺傾心吐膽，告訴他一番。朱重心中十分疼痛，亦為之流淚。袖中帶得有白綾汗巾一條，約有五尺多長，取出劈半扯開，奉與美娘裹腳，親手與她拭淚。又與她挽起青絲，再三把好言寬解。等

待美娘哭定，忙去喚個暖轎，請美娘坐了，自己步送，直到王九媽家。九媽不得女兒消息，在四處打探，慌迫之際，見秦小官送女兒回來，分明送一顆夜明珠還她，如何不喜！況且鴇兒一向不見秦重挑油上門，多曾聽得人說，他承受了朱家的店業，手頭活動，體面又比前不同，自然括目相待。又見女兒這等模樣，問其緣故，已知女兒喫了大苦，全虧了秦小官。深深拜謝，設酒相待。日已向晚，秦重略飲數杯，起身作別。美娘如何肯放，道：「我一向有心於你，恨不得你見面。今日定然不放你空去。」鴇兒也來扳留。秦重喜出望外。是夜，美娘吹彈歌舞，曲盡生平之技，奉承秦重。秦重如做了一個遊仙好夢，喜得魄蕩魂消，手舞足蹈。夜深酒闌，二人相挽就寢。

美娘道：「我有句心腹之言與你說，你休得推托。」秦重道：「小娘子若用得著小可時，就赴湯蹈火，亦所不辭，豈有推托之理？」美娘道：「我要嫁你。」秦重笑道：「小娘子就嫁一萬個，也還數不到小可頭上，休得取笑，枉自折了小可的食料。」美娘道：「這話實是真心，怎說取笑二字！我自十四歲被媽媽灌醉，梳弄過了。此時便要從良。只為未曾相處得人，不辨好歹，恐誤了終身大事。以後相處的雖多，都是豪華之輩，酒色之徒。但知買笑追歡的樂意，那有憐香惜玉的真心。看來看

去，只有你是個志誠君子，況聞你尚未娶親。若不嫌我烟花賤質，情願舉案齊眉，白頭奉侍。你若不允之時，我就將三尺白羅，死於君前，表白我一片誠心，也強如昨日死於村郎之手，沒名沒目，惹人笑話。」說罷，嗚嗚的哭將起來。秦重道：「小娘子休得悲傷。小可承小娘子錯愛，將天就地，求之不得，豈敢推托。只是小娘子千金聲價，小可家貧力薄，如何擺布，也是力不從心了。」美娘道：「這卻不妨。不瞞你說，我只為從良一事，預先積趲些東西，寄頓在外。贖身之費，一毫不費你心力。」秦重道：「就是小娘子自己贖身，平昔住慣了高堂大廈，享用了錦衣玉食，在小可家，如何過活？」美娘道：「布衣蔬食，死而無怨。」秦重道：「小娘子雖然——只怕媽媽不從。」美娘道：「我自有道理。」如此如此，這般這般。兩個直說到天明。

原來黃翰林的衙內，韓尚書的公子，齊太尉的舍人，這幾個相知的人家，美娘都寄頓得有箱籠。美娘只推要用，陸續取到密地，約下秦重，教他收置在家。然後一乘轎子，抬到劉四媽家，訴以從良之事。劉四媽道：「此事老身前日原說過的。只是年紀還早，又不知你要從那一個？」美娘道：「姨娘，你莫管是甚人，少不得依著姨娘的言語，是個真從良，樂從良，了從良；不是那不真，不假，不了，不絕的勾當。只要姨娘肯開口時，不愁媽媽不

允。做姪女的沒別孝順，只有十兩金子，奉與姨娘，胡亂打些釵子；是必在媽媽前做個方便。事成之時，媒禮在外。」劉四媽看見這金子，笑得眼兒沒縫，便道：「自家兒女，又是美事，如何要你的東西！這金子權時領下，只當與你收藏。此事都在老身身上。只是你的娘，把你當個搖錢之樹，等閒也不輕放你出去。怕不要千把銀子。那主兒可是肯出手的麼？也得老身見他一見，與他講道方好。」美娘道：「姨娘莫管閒事，只當你姪女自家贖身便了。」劉四媽道：「媽媽可曉得你到我家來？」美娘道：「不曉得。」四媽道：「你且在我家便飯。待老身先到你家，與媽媽講。講得通時，然後來報你。」

劉四媽偋乘轎子，抬到王九媽家。九媽相迎入內。劉四媽問起吳八公子之事，九媽告訴了一遍。四媽道：「我們行戶人家，到是養成個半低不高的丫頭，儘可賺錢，又且安穩。不論什麼客就接了，倒是日日不空的。姪女只為聲名大了，好似一塊鰲魚落地，馬蟻兒都要鑽他。雖然熱鬧，卻也不得自在。說便許多一夜，也只是個虛名。那些王孫公子來一遍，動不動有幾個幫閒，連宵達旦，好不費事。跟隨的人又不少，個個要奉承得他好。有些不到之處，口裏就出粗哩嘍囉囉的罵人，還要弄損你傢伙，又不好告訴他家主，受了若干悶氣。況且山人墨客，詩社棋社，少不得一月之內，又有幾時官

身。這些富貴子弟，你爭我奪，依了張家，違了李家，一邊喜，少不得一邊怪了。就是吳八公子這一個風波，嚇殺人的，萬一失差，卻不連本送了。官宦人家，和他打官司不成！只索忍氣吞聲。今日還虧著你家時運高，太平沒事，一個霹靂空中過去了。倘然山高水低，悔之無及。妹子聞得吳八公子不懷好意，還要到你家索鬧。姪女的性氣又不好，不肯奉承人。第一是這件，乃是個惹禍之本。」九媽道：「便是這件，老身常是擔憂。就是這八公子，也是有名有稱的人，又不是微賤之人。這丫頭抵死不肯接他，惹出這場寡氣。當初她年紀小時，還聽人教訓。如今有了個虛名，被這些富貴子弟誇她獎她，慣了她性情，驕了她氣質，動不動自作自主。逢著客來，她要接便接。她若不情願時，便是九牛也休想牽得她轉。」劉四媽道：「做小娘的略有些身分，都則如此。」王九媽道：「我如今與你商議。倘若有個肯出錢的，不如賣了她去，到得乾淨，省得終身擔著鬼胎過日。」劉四媽道：「此言甚妙。賣了她一個，就討得五六個。若湊巧撞得著相應的，十來個也討得的。這等便宜事，如何不做！」王九媽道：「老身也曾算計過來。那些有勢有力的不出錢，專要討人便宜。及至肯出幾兩銀子的，女兒又嫌好道歉，做張做智的不肯。若有好主兒，妹子做媒，作成則個。倘若這丫頭不肯時節，

還求你攛掇。這丫頭做娘的話也不聽，只你說得她信，話得她轉。」劉四媽呵呵大笑道：「做妹子的此來，正為與姪女做媒。你要許多銀子便肯放她出門？」九媽道：「妹子，你是明理的人。我們這行戶例，只有賤買，那有賤賣？況且美兒數年盛名滿臨安，誰不知她是花魁娘子。難道三百四百，就容她走動？少不得要她千金。」劉四媽道：「待妹子去講。若肯出這個數目，做妹子的便來多口。若合不著時，就不來了。」臨行時，又故意問道：「姪女今日在那裏？」王九媽道：「不要說起，自從那日喫了吳八公子的虧，怕他還來淘氣，終日裏抬個轎子，各宅去分訴。前日在齊太尉家，昨日在黃翰林家，今日又不知在那家去了。」劉四媽道：「有了你老人家做主，按定了坐盤星，也不容姪女不肯。萬一不肯時，做妹子自會勸她。只是尋得主顧來，你卻莫要捉班做勢。」九媽道：「一言既出，並無他說。」九媽送至門首。劉四媽叫聲咶噪，上轎去了。這纔是：

　　數黑論黃雌陸賈，說長話短女隨何。若還都像虔婆口，尺水能興萬丈波。

　　劉四媽回到家中，與美娘說道：「我對你媽媽如此說，這般講，你媽媽已自肯了。只要銀子見面，這事立地便成。」美娘道：「銀子已曾辦下，明日姨娘千萬到我家來，玉成其事，不要冷了場，改日

又費講。」四媽道：「既然約定，老身自然到宅。」美娘別了劉四媽，回家一字不題。次日，午牌時分，劉四媽果然來了。王九媽問道：「所事如何？」四媽道：「十有八九，只不曾與姪女說過。」四媽來到美娘房中，兩下相叫了，講了一回說話。四媽道：「你的主兒到了不曾？那話兒在那裏？」美娘指著床頭道：「在這幾隻皮箱裏。」美娘把五六隻皮箱一時都開了，五十兩一封，搬出十三四封來，又把些金珠寶玉算價，足勾千金之數。把個劉四媽驚得眼中出火，口內流涎，想道：「小小年紀，這等有肚腸！不知如何設處，積下許多東西？我家這幾個粉頭，一般接客，趕得著她那裏！不要說不會生發，就是有幾文錢在荷包裏，閒時買瓜子磕，買糖兒喫，兩條腳布破了，還要做媽的與她買布哩。偏生九阿姐造化，討得著，年時賺了若干錢鈔，臨出門還有這一主大財，又是取諸宮中，不勞餘力。」這是心中暗想之語，卻不曾說出來。美娘見劉四媽沉吟，只道她作難索謝，慌忙又取出四疋潞紬，兩股寶釵，一對鳳頭玉簪，放在桌上，道：「這幾件東西，奉與姨娘為伐柯之敬。」劉四媽歡天喜地對王九媽說道：「姪女情願自家贖身，一般身價，並不短少分毫。比著孤老賣身更好。省得閒漢們從中說合，費酒費漿，還要加一加二的謝他。」王九媽聽得說女兒皮箱內有許多東西，到有個怫然之

色。你道卻是為何？世間只有鴇兒的狠，做小娘的設法些東西，都送到她手裏，纔是快活。也有做些私房在箱籠內，鴇兒曉得些風聲，專等女兒出門，撬開鎖鑰，翻箱倒籠取個罄空。只為美娘盛名下，相交都是大頭兒，替做娘的掙得錢鈔，又且性格有些古怪，等閒不敢觸犯。故此臥房裏面，鴇兒的腳也不挪進去。誰知她如此有錢。劉四媽見九媽顏色不善，便猜著了，連忙道：「九阿姐，你休得三心兩意。這些東西，就是姪女自家積下的，也不是你本分之錢。她若肯花費時，也花費了。或是她不長進，把來津貼了得意的孤老，你也那裏知道！這還是她做家的好處。況且小娘自己手中沒有錢鈔，臨到從良之際，難道赤身趕她出門？少不得頭上腳下都要收拾得光鮮，等她好去別人家做人。如今她自家拿得出這些東西，料然一絲一線不費你的心。這一主銀子，是你完完全全韜在腰胯裏的。她就贖身出去，怕不是你女兒。倘然她掙得好時，時朝月節，怕她不來孝順你。就是嫁了人時，她又沒有親爹親娘，你也還去做得著她的外婆，受用處正有哩。」只這一套話，說得王九媽心中爽然。當下應允。劉四媽就去搬出銀子，一封封兌過，交付與九媽，又把這些金珠寶玉，逐件指物作價，對九媽說道：「這都是做妹子的故意估下她些價錢。若換與人，還便宜得幾十兩銀子。」王九媽雖同是個鴇

兒，到是個老實頭兒，憑劉四媽說話，無有不納。

劉四媽見王九媽收了這主東西，便叫亡八寫了婚書，交忖與美兒。美兒道：「趁姨娘在此，奴家就拜別了爹媽出門，借姨娘家住一兩日，擇吉從良，未知姨娘允否？」劉四媽得了美娘許多謝禮，生怕九媽翻悔，巴不得美娘出了她門，完成一事，說道：「正該如此。」當下美娘收拾了房中自己的梳台拜匣，皮箱鋪蓋之類。但是鴇兒家中之物，一毫不動。收拾已完，隨著四媽出房，拜別了假爹假媽，和那姨娘行中，都相叫了。王九媽一般哭了幾聲。美娘喚人挑了行李，欣然上轎，同劉四媽到劉家去。四媽出一間幽靜的好房，頓下美娘行李。眾小娘都來與美娘叫喜。是晚，朱重差莘善到劉四媽家討信，已知美娘贖身出來。擇了吉日，笙簫鼓樂娶親。劉四媽就做大媒送親，朱重與花魁娘子花燭洞房，歡喜無限。

雖然舊事風流，不減新婚佳趣。

次日，莘善老夫婦請新人相見，各各相認，喫了一驚。問起根由，至親三口，抱頭而哭。朱重方纔認得是丈人丈母。請他上坐，夫妻二人，重新拜見。親鄰聞知，無不駭然。是日，整備筵席，慶賀兩重之喜，飲酒盡歡而散。三朝之後，美娘教丈夫備下幾副厚禮，分送舊相知各宅，以酬其寄頓箱籠之恩，並報她從良信息。此是美娘有始有終處。王

九媽、劉四媽家，各有禮物相送，無不感激。滿月之後，美娘將箱籠打開，內中都有黃白之資，吳綾蜀錦，何止百計，共有三千餘金，都將匙鑰交付丈夫，慢慢的買房置產，整頓家當。油鋪生理，都是丈人莘善管理。不上一年，把家業掙得花錦般相似，驅奴使婢，甚有氣象。

朱重感謝天地神明保佑之德，發心於各寺廟喜捨合殿香燭一套，供琉璃燈油三個月；齋戒沐浴，親往拈香禮拜。先從昭慶寺起，其他靈隱、法相、淨慈、天竺等寺，以次而行。就中單說天竺寺，是觀音大士的香火，有上天竺、中天竺、下天竺，三處香火俱盛，卻是山路，不通舟楫。朱重叫從人挑了一擔香燭，三擔清油，自己乘轎而往。先到上天竺來。寺僧迎接上殿。老香火秦公點燭添香。此時朱重居移氣，養移體，儀容魁岸，非復幼時面目，秦公那裏認得他是兒子。只因油桶上有個大大的秦字，又有汴梁二字，心中甚以為奇。也是天然湊巧。剛剛到上天竺，偏用著這兩隻油桶。朱重拈香已畢，秦公托出茶盤，主僧奉茶。秦公問道：「不敢動問施主，這油桶上為何有此三字？」朱重聽得問聲，帶著汴梁人的土音，忙問道：「老香火，你問他怎麼？莫非也是汴梁人麼？」秦公道：「正是。」朱重道：「你姓甚名誰？為何在此出家？共有幾年了？」秦公把自己姓名鄉里，細細告訴：

「某年上避兵來此，因無活計，將十三歲的兒子秦重，過繼與朱家。如今有八年之遠。一向為年老多病，不曾下山問得信息。」朱重一把抱住，放聲大哭道：「孩兒便是秦重。向在朱家挑油買賣。正為要訪求父親下落，故此於油桶上，寫汴梁秦三字，做個標識。誰知此地相逢！真乃天與其便！」眾僧見他父子別了八年，今朝重會，各各稱奇。朱重這一日，就歇在上天竺，與父親同宿，各敘情節。次日，取出中天竺、下天竺兩個疏頭換過，內中朱重，仍改做秦重，復了本姓。兩處燒香禮拜已畢，轉到上天竺，要請父親回家，安樂供養。秦公出家已久，喫素持齋，不願隨兒子回家。秦重道：「父親別了八年，孩兒有缺侍奉。況孩兒新娶媳婦，也得她拜見公公方是。」秦公只得依允。秦重將轎子讓與父親乘坐，自己步行，直到家中。秦重取出一套新衣，與父親換了，中堂設坐，同妻莘氏雙雙參拜。親家莘公、親母阮氏，齊來見禮。此日大排筵席。秦公不肯開葷，素酒素食。次日，鄰里斂財稱賀。一則新婚，二則新娘子家眷團圓，三則父子重逢，四則秦小官歸宗復姓：共是四重大喜。一連又喫了幾日喜酒。秦公不願家居，思想上天竺故處清淨出家。秦重不敢違親之志，將銀二百兩，於上天竺另造淨室一所，送父親到彼居住。其日用供給，按月送去。每十日親往候問一次。每一季同莘氏往

候一次。那秦公活到八十餘，端坐而化。遺命葬於本山。此是後話。

卻說秦重和莘氏，夫妻偕老，生下兩孩兒，俱讀書成名。至今風月中市語，凡誇人善於幫襯，都叫做「秦小官」，又叫「賣油郎」。有詩為證：

春來處處百花新，蜂蝶紛紛競採春。堪愛豪家多子弟，風流不及賣油人。

《警世通言》
杜十娘怒沉百寶箱

掃蕩殘胡立帝畿，龍翔鳳舞勢崔嵬；

左環滄海天一帶，右擁太行山萬圍。

戈戟九邊雄絕塞，衣冠萬國仰垂衣；

太平人樂華胥世，永永金甌共日輝。

這首詩，單誇我朝燕京建都之盛。說起燕都的形勢，北倚雄關，南壓區夏，真乃金城天府，萬年不拔之基。當先洪武爺掃蕩胡塵，定鼎金陵，是為南京。到永樂爺從北平起兵靖難，遷於燕都，是為北京。只因這一遷，把個苦寒地面，變作花錦世界。自永樂爺九傳至於萬曆爺，此乃我朝第十一代的天子。這位天子，聰明神武，德福兼全，十歲登基，在位四十八年，削平了三處寇亂。那三處？

日本關白平秀吉，西夏哱承恩，播州楊應龍。

平秀吉侵犯朝鮮，哱承恩，楊應龍是土官謀叛，先後削平。遠夷莫不畏服，爭來朝貢。真個是：

一人有慶民安樂，四海無虞國太平。

話中單表萬曆二十年間，日本國關白作亂，侵犯朝鮮。朝鮮國王上表告急，天朝發兵泛海往救。有戶部官奏准，目今兵興之際，糧餉未充，暫開納粟入監之例。原來納粟入監的，有幾般便宜：好讀書，好科舉，好中，結末來又有個小小前程結果。以此宦家公子，富室子弟，到不願做秀才，都去援例做太學生。自開了這例，兩京太學生，各添至千人之外。內中有一人，姓李名甲，字干先，浙江紹

興府人氏。父親李布政所生三兒，惟甲居長。自幼讀書在庠，未得登科，援例入於北雍。因在京坐監，與同鄉柳遇春監生同遊教坊司院內，與一個名姬相遇，那名姬姓杜名媺，排行第十，院中都稱為杜十娘，生得：

渾身雅豔，遍體嬌香，兩彎眉畫遠山青，一對眼明秋水潤。臉如蓮萼，分明卓氏文君，唇似櫻桃，何減白家樊素。可憐一片無瑕玉，誤落風塵花柳中。

那杜十娘自十三歲破瓜，今一十九歲，七年之內，不知歷過了多少公子王孫，一個個情迷意蕩，破家蕩產而不惜。院中傳出四句口號來，道是：

坐中若有杜十娘，斗筲之量飲千觴；院中若識杜老媺，千家粉面都如鬼。

卻說李公子，風流年少，未逢美色，自遇了杜十娘，喜出望外，把花柳情懷，一擔兒挑在她身上。那公子俊俏龐兒，溫存性兒，又是撒漫的手兒，幫襯的勤兒，與十娘一雙兩好，情投意合。十娘因見鴇兒貪財無義，久有從良之志；又見李公子忠厚志誠，甚有心向他。奈李公子懼怕老爺，不敢應承。雖則如此，兩下情好愈密，朝歡暮樂，終日相守，如夫婦一般，海誓山盟，各無他志。真個：

恩深似海恩無底，義重如山義更高。

再說杜媽媽女兒，被李公子占住，別的富家巨

室,聞名上門,求一見而不可得。初時李公子撒漫用錢,大差大使,媽媽脅肩諂笑,奉承不暇。日往月來,不覺一年有餘,李公子囊篋漸漸空虛,手不應心,媽媽也就怠慢了。老布政在家聞知兒子闖院,幾遍寫字來喚他回去。他迷戀十娘顏色,終日延捱。後來聞知老爺在家發怒,越不敢回。古人云:「以利相交者,利盡而疏。」那杜十娘與李公子真情相好,見他手頭愈短,心頭愈熱。媽媽也幾遍教女兒打發李甲出院,見女兒不統口,又幾遍將言語觸突李公子,要激怒他起身。公子性本溫克,詞氣愈和,媽媽沒奈何,日逐只將十娘叱罵道:「我們行戶人家,喫客穿客,前門送舊,後門迎新;門庭鬧如火,錢帛堆成垛。自從那李甲在此,混帳一年有餘,莫說新客,連舊主顧都斷了,分明接了個鍾馗老,連小鬼也沒得上門。弄得老娘一家人家,有氣無煙,成什麼模樣!」杜十娘被罵,耐性不住,便回答道:「那李公子不是空手上門的,也曾費過大錢來。」媽媽道:「彼一時,此一時,你只教他今日費些小錢兒,把與老娘辦些柴米,養你兩口也好。別人家養的女兒便是搖錢樹,千生萬活,偏我家晦氣,養了個退財白虎,開了大門,七件事般般都在老身心上。到替你這小賤人白白養著窮漢,教我衣食從何處來?你對那窮漢說:有本事出幾兩銀子與我,到得你跟了他去,我別討個丫頭

過活卻不好？」十娘道：「媽媽，這話是真是假？」媽媽曉得李甲囊無一錢，衣衫都典盡了，料他沒處設法。便應道：「老娘從不說謊，當真哩。」十娘道：「娘，你要他許多銀子？」媽媽道：「若是別人，千把銀子也討了，可憐那窮漢出不起，只要他三百兩，我自去討一個粉頭代替。只一件，須是三日內交付與我。左手交銀，右手交人。若三日沒有銀時，老身也不管三七二十一，公子不公子，一頓孤拐，打那光棍出去。那時莫怪老身！」十娘道：「公子雖在客邊乏鈔，諒三百金還措辦得來。只是三日忒近，限他十日便好。」媽媽想道：「這窮漢一雙赤手，便限他一百日，他那裏來銀子。沒有銀子，便鐵皮包臉，料也無顏上門。那時重整家風，嬼兒也沒得話講。」答應道：「看你面，便寬到十日。第十日沒有銀子，不干老娘之事。」十娘道：「若十日內無銀，料他也無顏再見了。只怕有了三百兩銀子，媽媽又翻悔起來。」媽媽道：「老身年五十一歲了，又奉十齋，怎敢說謊？不信時與你拍掌為定。若翻悔時，做豬做狗。」

從來海水斗難量，可笑虔婆意不良；料定窮儒囊底竭，故將財禮難嬌娘。

是夜，十娘與公子在枕邊，議及終身之事。公子道：「我非無此心。但教坊落籍，其費甚多，非千金不可。我囊空如洗，如之奈何！」十娘道：「妾

已與媽媽議定只要三百金，但須十日內措辦。郎君遊資雖罄，然都中豈無親友，可以借貸。倘得如數，妾身遂為君之所有，省受虔婆之氣。」公子道：「親友中為我留戀行院，都不相顧。明日只做束裝起身，各家告辭，就開口假貸路費，湊聚將來，或可滿得此數。」起身梳洗，別了十娘出門。十娘道：「用心作速，專聽佳音。」公子道：「不須分付。」公子出了院門，來到三親四友處，假說起身告別，眾人到也歡喜。後來敘到路費欠缺，意欲借貸。常言道：「說著錢，便無緣。」親友們就不招架。他們也見得是，道李公子是風流浪子，迷戀煙花，年許不歸，父親都為他氣壞在家。他今日抖然要回，未知真假。倘或說騙盤纏到手，又去還脂粉錢，父親知道，將好意翻成惡意，始終只是一怪，不如辭了乾淨。便回道：「目今正值空乏，不能相濟，慚愧！慚愧！」人人如此，個個皆然，並沒有個慷慨丈夫，肯統口許他一十二十兩。李公子一連奔走了三日，分毫無獲，又不敢回決十娘，權且含糊答應。到第四日又沒想頭，就羞回院中。平日間有了杜家，連下處也沒有了，今日就無處投宿，只得往同鄉柳監生寓所借歇。柳遇春見公子愁容可掬，問其來歷。公子將杜十娘願嫁之情，備細說了。遇春搖首道：「未必，未必。那杜媺曲中第一名姬，要從良時，怕沒有十斛明珠，千金聘禮。

那鴇兒如何只要三百兩？想鴇兒怪你無錢使用，白白占住她的女兒，設計打發你出門。那婦人與你相處已久，又礙卻面皮，不好明言。明知你手內空虛，故意將三百兩賣個人情，限你十日。若十日沒有，你也不好上門。便上門時，他會說你笑你，落得一場褻瀆，自然安身不牢，此乃煙花逐客之計。足下三思，休被其惑。據弟愚意，不如早早開交為上。」公子聽說，半晌無言，心中疑惑不定。遇春又道：「足下莫要錯了主意。你若真個還鄉，不多幾兩盤費，還有人搭救。若是要三百兩時，莫說十日，就是十個月也難。如今的世情，那肯顧緩急二字的。那煙花也算定你沒處告債，故意設法難你。」公子道：「仁兄所見良是。」口裏雖如此說，心中割捨不下。依舊又往外邊東央西告，只是夜裏不進院門了。公子在柳監生寓中，一連住了三日，共是六日了。杜十娘連日不見公子進院，十分著緊，就教小廝四兒街上去尋。四兒尋到大街，恰好遇見公子。四兒叫道：「李姐夫，娘在家裏望你。」公子自覺無顏，回復道：「今日不得功夫，明日來罷。」四兒奉了十娘之命，一把扯住，死也不放。道：「娘叫咱尋你。是必同去走一遭。」李公子心上也牽掛著婊子，沒奈何，只得隨四兒進院。見了十娘，嘿嘿無言。十娘問道：「所謀之事如何？」公子眼中流下淚來。十娘道：「莫非人情淡薄，不能

足三百之數麼？」公子含淚而言，道出二句：

「不信上山擒虎易，果然開口告人難。

—連奔走六日，並無銖兩，一雙空手，羞見芳卿，故此這幾日不敢進院。今日承命呼喚，忍恥而來，非某不用心，實是世情如此。」十娘道：「此言休使虔婆知道。郎君今夜且住，妾別有商議。」十娘自備酒肴，與公子歡飲。睡至半夜，十娘對公子道：「郎君果不能辦一錢耶？妾終身之事，當如何也？」公子只是流涕，不能答一語。漸漸五更天曉。十娘道：「妾所臥絮褥內藏有碎銀一百五十兩，此妾私蓄，郎君可持去。三百金，妾任其半，郎君亦謀其半，庶易為力。限只四日，萬勿遲誤。」十娘起身將褥付公子，公子驚喜過望。喚童兒持褥而去。逕到柳遇春寓中，又把夜來之情與遇春說了。將褥拆開看時，絮中都裹著零碎銀子，取出兌時果是一百五十兩。遇春大驚道：「此婦真有心人也。既係真情，不可相負。吾當代為足下謀之。」公子道：「倘得玉成，決不有負。」當下柳遇春留李公子在寓，自出頭各處去借貸。兩日之內，湊足一百五十兩交付公子道：「吾代為足下告債，非為足下，實憐杜十娘之情也。」李甲拿了三百兩銀子，喜從天降，笑逐顏開，欣欣然來見十娘，剛是第九日，還不足十日。十娘問道：「前日分毫難借，今日如何就有一百五十兩？」公子將柳監生事

情，又述了一遍。十娘以手加額道：「使吾二人得遂其願者，柳君之力也。」兩個歡天喜地，又在院中過了一晚。次日，十娘早起，對李甲道：「此銀一交，便當隨郎君去矣。舟車之類，合當預備。妾昨日於姊妹中借得白銀二十兩，郎君可收下為行資也。」公子正愁路費無出，但不敢開口，得銀甚喜。說猶未了，鴇兒恰來敲門叫道：「嫩兒，今日是第十日了。」公子聞叫，啟戶相延道：「承媽媽厚意，正欲相請。」便將銀三百兩放在桌上。鴇兒不料公子有銀，嘿然變色，似有悔意。十娘道：「兒在媽媽家中八年，所致金帛，不下數千金矣。今日從良美事，又媽媽親口所訂，三百金不欠分毫，又不曾過期。倘若媽媽失信不許，郎君持銀去，兒即刻自盡。恐那時人財兩失，悔之無及也。」鴇兒無詞以對。腹內籌畫了半晌，只得取天平兌准了銀子，說道：「事已如此，料留你不住了。只是你要去時，即今就去。平時穿戴衣飾之類，毫釐休想。」說罷，將公子和十娘推出房門，討鎖來就落了鎖。此時九月天氣。十娘才下床，尚未梳洗，隨身舊衣，就拜了媽媽兩拜。李公子也作了一揖。一夫一婦，離了虔婆大門。

　　鯉魚脫卻金鈎去，擺尾搖頭再不來。

　　公子教十娘且住片時：「我去喚個小轎抬你，權往柳榮卿寓所去，再作道理。」十娘道：「院中諸姊

妹平昔相厚，理宜話別。況前日又承他借貸路費，不可不一謝也。」乃同公子到各姊妹處謝別，姊妹中惟謝月朗、徐素素與杜家相近，尤與十娘親厚。十娘先到謝月朗家，月朗見十娘禿鬢舊衫，驚問其故，十娘備述來因。又引李甲相見，十娘指月朗道：「前日路資，是此位姐姐所貸，郎君可致謝。」李甲連連作揖。月朗便教十娘梳洗，一面去請徐素素來家相會。十娘梳洗已畢，謝、徐二美人各出所有，翠鈿金釧，瑤簪寶珥，錦袖花裙，鸞帶繡履，把杜十娘裝扮得煥然一新，備酒作慶賀筵席。月朗讓臥房與李甲、杜媺二人過宿。次日，又大排筵席，遍請院中姊妹。凡十娘相厚者，無不畢集。都與他夫婦把盞稱喜。吹彈歌舞，各逞其長，務要盡歡，直飲至夜分。十娘向眾姊妹，一一稱謝。眾姊妹道：「十姊為風流領袖，今從郎君去，我等相見無日。何日長行，姊妹們尚當奉送。」月朗道：「候有定期，小妹當來相報。但阿姊千里間關，同郎君遠去，囊篋蕭條，曾無約束，此乃吾等之事。當相與共謀之，勿令姊有窮途之慮也。」眾姊妹各唯唯而散。是晚，公子和十娘仍宿謝家。至五鼓，十娘對公子道：「吾等此去，何處安身？郎君亦曾計議有定著否？」公子道：「老父盛怒之下，若知娶妓而歸，必然加以不堪，反致相累。展轉尋思，尚未有萬全之策。」十娘道：「父子天性，豈能終絕。

既然倉卒難犯，不若與郎君於蘇杭勝地，權作浮居。郎君先回，求親友於尊大人面前勸解和順，然後攜妾于歸，彼此安妥。」公子道：「此言甚當。」次日，二人起身辭了謝月朗，暫往柳監生寓中，整頓行裝。杜十娘見了柳遇春，倒身下拜，謝其周全之德：「異日我夫婦必當重報。」遇春慌忙答禮道：「十娘鍾情所歡，不以貧窶易心，此乃女中豪傑。僕因風吹火，諒區區何足掛齒！」三人又飲了一日酒。次早，擇了出行吉日，僱倩轎馬停當。十娘又遣童兒寄信，別謝月朗。臨行之際，只見肩輿紛紛而至，乃謝月朗與徐素素拉眾姊妹來送行。月朗道：「十姊從郎君千里間關，囊中消索，吾等甚不能忘情。今合具薄賻，十姊可檢收，或長途空乏，亦可少助。」說罷，命從人挈一描金文具至前，封鎖甚固，正不知什麼東西在裏面。十娘也不開看，也不推辭，但殷勤作謝而已。須臾，輿馬齊集，僕夫催促起身。柳監生三盃別酒，和眾美人送出崇文門外，各各垂淚而別。正是：

他日重逢難預必，此時分手最堪憐。

再說李公子同杜十娘行至潞河，捨陸從舟，卻好有瓜洲差使船轉回之便，講定船錢，包了艙口。比及下船時，李公子囊中並無分文餘剩。你道杜十娘把二十兩銀子與公子，如何就沒了？公子在院中關得衣衫藍縷，銀子到手，未免在解庫中取贖幾件穿

著，又製辦了鋪蓋，剩來只勾轎馬之費。公子正當愁悶，十娘道：「郎君勿憂，眾姊妹合贈，必有所濟。」乃取鑰開箱。公子在傍自覺慚愧，也不敢窺覦箱中虛實。只見十娘在箱裏取出一個紅絹袋來，擲於桌上道：「郎君可開看之。」公子提在手中，覺得沉重。啟而觀之，皆是白銀，計數整五十兩。十娘仍將箱子下鎖，亦不言箱中更有何物。但對公子道：「承眾姊妹高情，不惟途路不乏，即他日浮寓吳越間，亦可稍佐吾夫妻山水之費矣。」公子且驚且喜道：「若不遇恩卿，我李甲流落他鄉，死無葬身之地矣。此情此德，白頭不敢忘也。」自此每談及往事，公子必感激流涕。十娘亦曲意撫慰，一路無話。不一日，行至瓜洲，大船停泊岸口。公子別僱了民船，安放行李。約明日侵晨，剪江而渡。其時仲冬中旬，月明如水，公子和十娘坐於舟首。公子道：「自出都門，困守一艙之中，四顧有人，未得暢語。今日獨據一舟，更無避忌。且已離塞北，初近江南，宜開懷暢飲，以舒向來抑鬱之氣，恩卿以為何如？」十娘道：「妾久疏談笑，亦有此心，郎君言及，足見同志耳。」公子乃攜酒具於船首，與十娘鋪氈並坐，傳盃交盞，飲至半酣，公子執卮對十娘道：「恩卿妙音，六院推首。某相遇之初，每聞絕調，輒不禁神魂之飛動。心事多違，彼此鬱鬱，鸞鳴鳳奏，久矣不聞。今清江明月，深夜

無人，肯為我一歌否？」十娘興亦勃發，遂開喉頓嗓，取扇按拍，嗚嗚咽咽，歌出元人施君美《拜月亭》雜劇上「狀元執盞與嬋娟」一曲，名《小桃紅》。真個：

聲飛霄漢雲皆駐，響入深泉魚出遊。

卻說他舟有一少年，姓孫，名富，字善賚，徽州新安人氏。家資巨萬，積祖揚州種鹽。年方二十，也是南雍中朋友。生性風流，慣向青樓買笑，紅粉追歡，若嘲風弄月，到是個輕薄的頭兒。事有偶然，其夜亦泊舟瓜洲渡口，獨酌無聊。忽聽得歌聲嘹亮，鳳吟鸞吹，不足喻其美。起立船頭，佇聽半晌，方知聲出鄰舟。正欲相訪，音響倏已寂然。乃遣僕者潛窺蹤跡，訪於舟人。但曉得是李相公僱的船，並不知歌者來歷。孫富想道：「此歌者必非良家，怎生得她一見？」展轉尋思，通宵不寐。捱至五更，忽聞江風大作。及曉，彤雲密布，狂雪飛舞。怎見得，有詩為證：「千山雲樹滅，萬徑人蹤絕；扁舟蓑笠翁，獨釣寒江雪。」因這風雪阻渡，舟不得開。孫富命艄公移船，泊於李家舟之傍。孫富貂帽狐裘，推窗假作看雪。值十娘梳洗方畢，纖纖玉手，揭起舟傍短簾，自潑盂中殘水，粉容微露，卻被孫富窺見了，果是國色天香。魂搖心蕩，迎眸注目，等候再見一面，杳不可得。沉思久之，乃倚窗高吟高學士《梅花詩》二句，道：

雪滿山中高士臥，月明林下美人來。

李甲聽得鄰舟吟詩，舒頭出艙，看是何人。只因這一看，正中了孫富之計。孫富吟詩，正要引李公子出頭，他好乘機攀話。當下慌忙舉手，就問：「老兄尊姓何諱？」李公子敘了姓名鄉貫，少不得也問那孫富，孫富也敘過了。又敘了些太學中的閒話，漸漸親熟。孫富便道：「風雪阻舟，乃天遣與尊兄相會，實小弟之幸也。舟次無聊，欲同尊兄上岸，就酒肆中一酌，少領清誨，萬望不拒。」公子道：「萍水相逢，何當厚擾？」孫富道：「說那裏話！『四海之內，皆兄弟也。』」喝教艄公打跳，童兒張傘，迎接公子過船，就於船頭作揖。然後讓公子先行，自己隨後，各各登跳上涯。行不數步，就有個酒樓，二人上樓，揀一副潔淨座頭，靠窗而坐。酒保列上酒肴。孫富舉杯相勸，二人賞雪飲酒。先說些斯文中套話，漸漸引入花柳之事。二人都是過來之人，志同道合，說得入港，一發成相知了。孫富屏去左右，低低問道：「昨夜尊舟清歌者，何人也？」李甲正要賣弄在行，遂實說道：「此乃北京名姬杜十娘也。」孫富道：「既係曲中姊妹，何以歸兄？」公子遂將初遇杜十娘，如何相好，後來如何要嫁，如何借銀討她，始末根由，備細述了一遍。孫富道：「兄攜麗人而歸，固是快事，但不知尊府中能相容否？」公子道：「賤室不

足慮。所慮者，老父性嚴，尚費躊躇耳！」孫富將機就機，便問道：「既是尊大人未必相容，兄所攜麗人，何處安頓？亦曾通知麗人，共作計較否？」公子攢眉而答道：「此事曾與小妾議之。」孫富欣然問道：「尊寵必有妙策。」公子道：「她意欲僑居蘇杭，流連山水。使小弟先回，求親友宛轉於家君之前。俟家君回嗔作喜，然後圖歸，高明以為何如？」孫富沉吟半晌，故作愀然之色，道：「小弟乍會之間，交淺言深，誠恐見怪。」公子道：「正賴高明指教，何必謙遜？」孫富道：「尊大人位居方面，必嚴帷薄之嫌，平時既怪兄遊非禮之地，今日豈容兄娶不節之人。況且賢親貴友，誰不迎合尊大人之意者？兄枉去求他，必然相拒。就有個不識時務的進言於尊大人之前，見尊大人意思不允，他就轉口了。兄進不能和睦家庭，退無詞以回復尊寵。即使留連山水，亦非長久之計。萬一資斧困竭，豈不進退兩難！」公子自知手中只有五十金，比時費去大半，說到資斧困竭，進退兩難，不覺點頭道是。孫富又道：「小弟還有句心腹之談，兄肯俯聽否？」公子道：「承兄過愛，更求盡言。」孫富道：「疏不間親，還是莫說罷。」公子道：「但說何妨。」孫富道：「自古道：『婦人水性無常。』況煙花之輩，少真多假。她既係六院名姝，相識定滿天下；或者南邊原有舊約，借兄之力，挈帶而來，

以為他適之地。」公子道：「這個恐未必然。」孫富道：「即不然，江南子弟，最工輕薄，兄留麗人獨居，難保無踰牆鑽穴之事。若挈之同歸，愈增尊大人之怒。為兄之計，未有善策。況父子天倫，必不可絕。若為妾而觸父，因妓而棄家，海內必以兄為浮浪不經之人。異日妻不以為夫，弟不以為兄，同袍不以為友，兄何以立於天地之間？兄今日不可不熟思也！」公子聞言，茫然自失，移席問計：「據高明之見，何以教我？」孫富道：「僕有一計，於兄甚便。只恐兄溺枕席之愛，未必能行，使僕空費詞說耳！」公子道：「兄誠有良策，使弟再睹家園之樂，乃弟之恩人也。又何憚而不言耶？」孫富道：「兄飄零歲餘，嚴親懷怒，閨閣離心，設身以處兄之地，誠寢食不安之時也。然尊大人所以怒兄者，不過為迷花戀柳，揮金如土，異日必為棄家蕩產之人，不堪承繼家業耳！兄今日空手而歸，正觸其怒。兄倘能割衽席之愛，見機而作，僕願以千金相贈。兄得千金，以報尊大人，只說在京授館，並不曾浪費分毫，尊大人必然相信。從此家庭和睦，當無間言。須臾之間，轉禍為福，兄請三思。僕非貪麗人之色，實為兄效忠於萬一也！」李甲原是沒主意的人，本心懼怕老子，被孫富一席話，說透胸中之疑，起身作揖道：「聞兄大教，頓開茅塞。但小妾千里相從，義難頓絕，容歸與商之。得其心

肯，當奉復耳。」孫富道：「說話之間，宜放婉曲。彼既忠心為兄，必不忍使兄父子分離，定然玉成兄還鄉之事矣。」二人飲了一回酒，風停雪止，天色已晚。孫富教家僮算還了酒錢，與公子攜手下船。正是：

逢人且說三分話，未可全拋一片心。

卻說杜十娘在舟中，擺設酒果，欲與公子小酌，竟日未回，挑燈以待。公子下船，十娘起迎，見公子顏色匆匆，似有不樂之意，乃滿斟熱酒勸之。公子搖首不飲，一言不發，竟自床上睡了。十娘心中不悅，乃收拾杯盤，為公子解衣就枕。問道：「今日有何見聞，而懷抱鬱鬱如此？」公子嘆息而已，終不啟口。問了三四次，公子已睡去了。十娘委決不下，坐於床頭而不能寐。到夜半，公子醒來，又嘆一口氣。十娘道：「郎君有何難言之事，頻頻嘆息？」公子擁被而起，欲言不語者幾次，撲簌簌掉下淚來。十娘抱持公子於懷間，軟言撫慰道：「妾與郎君情好，已及二載，千辛萬苦，歷盡艱難，得有今日。然相從數千里，未曾哀戚。今將渡江，方圖百年歡笑，如何反起悲傷，必有其故。夫婦之間，死生相共，有事儘可商量，萬勿諱也。」公子再四被逼不過，只得含淚而言道：「僕天涯窮困，蒙恩卿不棄，委曲相從，誠乃莫大之德也。但反覆思之，老父位居方面，拘於禮法，況素性方嚴，恐

添嗔怒，必加黜逐。你我流蕩，將何底止？夫婦之歡難保，父子之倫又絕。日間蒙新安孫友邀飲，為我籌及此事，寸心如割。」十娘大驚道：「郎君意將如何？」公子道：「僕事內之人，當局而迷。孫友為我畫一計頗善，但恐恩卿不從耳！」十娘道：「孫友者何人？計如果善，何不可從？」公子道：「孫友名富，新安鹽商，少年風流之士也。夜間聞子清歌，因而問及。僕告以來歷，並談及難歸之故，渠意欲以千金聘汝。我得千金，可藉口以見吾父母；而恩卿亦得所天。但情不能捨，是以悲泣。」說罷，淚如雨下。十娘放開兩手，冷笑一聲道：「為郎君畫此計者，此人乃大英雄也。郎君千金之資，既得恢復，而妾歸他姓，又不致為行李之累。發乎情，止乎禮，誠兩便之策也。那千金在那裏？」公子收淚道：「未得恩卿之諾，金尚留彼處，未曾過手。」十娘道：「明早快快應承了他，不可挫過機會。但千金重事，須得兌足交付郎君之手，妾始過舟，勿為賈豎子所欺。」時已四鼓，十娘即起身挑燈梳洗道：「今日之粧，乃迎新送舊，非比尋常。」於是脂粉香澤，用意修飾，花鈿繡襖，極其華豔，香風拂拂，光采照人。裝束方完，天色已曉。孫富差家童到船頭候信。十娘微窺公子，欣欣似有喜色，乃催公子快去回話，及早兌足銀子。公子親到孫富船中，回復依允。孫富道：

「兌銀易事，須得麗人妝台為信。」公子又回復了十娘，十娘即指描金文具道：「可便抬去。」孫富喜甚。即將白銀一千兩，送到公子船中。十娘親自檢看，足色足數，分毫無爽。乃手把船舷，以手招孫富。孫富一見，魂不附體。十娘啟朱唇，開皓齒道：「方才箱子可暫發來，內有李郎路引一紙，可檢還之也。」孫富視十娘已為甕中之鱉，即命家童送那描金文具，安放船頭之上。十娘取鑰開鎖，內皆抽替小箱。十娘叫公子抽第一層來看，只見翠羽明璫，瑤簪寶珥，充牣於中，約值數百金。十娘遽投之江中。李甲與孫富及兩船之人，無不驚詫。又命公子再抽一箱，乃玉簫金管。又抽一箱，盡古玉紫金玩器，約值數千金。十娘盡投之於大江中。岸上之人，觀者如堵。齊聲道：「可惜！可惜！」正不知什麼緣故。最後又抽一箱，箱中復有一匣。開匣視之，夜明之珠，約有盈把。其他祖母綠、貓兒眼，諸般異寶，目所未睹，莫能定其價之多少。眾人齊聲喝采，喧聲如雷。十娘又欲投之於江。李甲不覺大悔，抱持十娘慟哭，那孫富也來勸解。十娘推開公子在一邊，向孫富罵道：「我與李郎備嘗艱苦，不是容易到此，汝以奸淫之意，巧為讒說，一旦破人姻緣，斷人恩愛，乃我之仇人。我死而有知，必當訴之神明，尚妄想枕席之歡乎！」又對李甲道：「妾風塵數年，私有所積，本為終身之計。

145

自遇郎君，山盟海誓，白首不渝。前出都之際，假託眾姊妹相贈，箱中韞藏百寶，不下萬金。將潤色郎君之裝，歸見父母，或憐妾有心，收佐中饋，得終委託，生死無憾。誰知郎君相信不深，惑於浮議，中道見棄，負妾一片真心。今日當眾目之前，開箱出視，使郎君知區區千金，未為難事。妾櫝中有玉，恨郎眼內無珠。命之不辰，風塵困瘁，甫得脫離，又遭棄捐。今眾人各有耳目，共作證明，妾不負郎君，郎君自負妾耳！」於是眾人聚觀者，無不流涕，都唾罵李公子負心薄倖。公子又羞又苦，且悔且泣，方欲向十娘謝罪，十娘抱持寶匣，向江心一跳。眾人急呼撈救，但見雲暗江心，波濤滾滾，杳無蹤影。可惜一個如花似玉的名姬，一旦葬於江魚之腹。

三魂渺渺歸水府，七魄悠悠入冥途。

當時旁觀之人，皆咬牙切齒，爭欲拳毆李甲和那孫富。慌得李孫二人，手足無措，急叫開船，分途遁去。李甲在舟中，看了千金，轉憶十娘，終日愧悔，鬱成狂疾，終身不痊。孫富自那日受驚，得病臥床月餘，終日見杜十娘在傍詬罵，奄奄而逝。人以為江中之報也。

卻說柳遇春在京坐監完滿，束裝回鄉，停舟瓜步。偶臨江淨臉，失墜銅盆於水，覓漁人打撈。及至撈起，乃是個小匣兒。遇春啟匣觀看，內皆明珠

異寶，無價之珍。遇春厚賞漁人，留於床頭把玩。是夜夢見江中一女子，凌波而來，視之，乃杜十娘也。近前萬福，訴以李郎薄倖之事。又道：「向承君家慷慨，以一百五十金相助，本意息肩之後，徐圖報答，不意事無終始；然每懷盛情，悒悒未忘。早間曾以小匣托漁人奉致，聊表寸心，從此不復相見矣。」言訖，猛然驚醒，方知十娘已死，嘆息累日。後人評論此事，以為孫富謀奪美色，輕擲千金，固非良士；李甲不識杜十娘一片苦心，碌碌蠢才，無足道者。獨謂十娘千古女俠，豈不能覓一佳侶，共跨秦樓之鳳，乃錯認李公子，明珠美玉，投於盲人，以致恩變為仇，萬種恩情，化為流水，深可惜也！有詩嘆云：

不會風流莫妄談，單單情字費人參；若將情字能參透，喚作風流也不慚。

這本書的譜系：歷代禁書
Related Reading

《遊仙窟》

作者：張鷟　朝代：唐

唐代傳奇的著名篇章，採第一人稱的方式敘述個人奉使河源，途經神仙窟，得十娘、五嫂留宿款待的豔遇過程。全文駢散互用，共計一萬餘字。文中對於男女歡愛的調情細節極盡渲染，房事過程亦有描繪，被視為中國文學史上第一個大膽敘寫情色的篇章。《遊仙窟》在風氣開放的唐朝並未引起軒然大波，但隨著時代流轉，理學逐漸發展成熟後，因為內容描繪太過浮豔，遭衛道人士歸入禁書之列。

《西廂記》

作者：王實甫　朝代：元

《西廂記》的故事原型來自於唐代元稹的傳奇名篇《鶯鶯傳》，而經過幾個朝代文學家、藝術家的接續加工、改造，使故事架構愈加完整、人物形象愈加豐滿，甚至，故事中所隱含的價值取向，亦日漸明晰。
王實甫的《西廂記》是從董解元的《西廂記諸宮調》改編而成，故事主軸更加集中在崔鶯鶯與張生之間的自由戀愛。大多數人以為《西廂記》因涉有傷風淫詞，所以遭禁，但故事中男女主角一再挑戰代表封建禮教的鶯鶯之母鄭老夫人，恐怕才是刺痛統治階層神經的真正原因。

「三言二拍」

作者：馮夢龍、凌濛初　朝代：明

「三言二拍」為馮夢龍《喻世名言》、《警世通言》、《醒世恆言》與凌濛初《初刻拍案驚奇》、《二刻拍案驚奇》五本古典白話小說集，因明末抱甕老人從這五書中精選了佳作四十篇，編成《今古奇觀》，於是有「三言二拍」的合稱。
《三言》、《二拍》中有歌頌青年男女對愛情的執著與追求，有讚賞大小儒商重義輕利之品德，及批判封建禮教對人性的抑制和貪官污吏欺壓百姓之罪行等篇章，幾乎每一種主張都直接挑戰了統治者的權威，最終以內容涉及情色描寫為由，被列為禁書。

《牡丹亭》

作者：湯顯祖　朝代：明

《牡丹亭》又稱《還魂記》，故事描述了自幼受嚴謹禮教薰陶的太守之女杜麗娘，在夢中與青年書生相戀歡愛，醒後悵然若失，抑鬱而終。另一頭，書生柳夢梅赴京趕考途中，偶然拾得杜麗娘自繪像，終日吟詩讚詠，感動杜麗娘復生與之共偕連理。
《牡丹亭》凸顯了禮教規範與愛情追求的衝突、抨擊封建社會對門當戶對的固執心理，又安排男女主角不屈不撓為情而爭，最終在與傳統禮教的對抗中勝出，令統治者不滿，分別在乾隆與同治年間，以事涉金人南侵、淫亂人心等理由，列為禁書。

《剪燈新話》

作者：瞿佑　朝代：明

明代文言短篇小説集，共載傳奇四卷二十篇，內容有一部分是藉鬼神世界來反映社會現實，表達民眾普遍不滿的心態；還有一部分是透過人鬼戀、俗世婚姻，來歌詠愛情。《剪燈新話》是明朝第一部文人創作遭禁的書，當時的國子監祭酒李時勉，以這本書假託怪異之事做無根據的論談，使知識分子受惑於邪端異説，下令地方官員隨查隨禁。

《金瓶梅》

作者：蘭陵笑笑生　朝代：明

本書從《水滸傳》中擷取西門慶勾搭武大郎妻潘金蓮，遭武松復仇殺害的橋段，略加改動，並發展出訴求不同的脈絡情節。故事主幹從西門慶發跡開始，直寫到他因為過度淫亂而於壯年病逝為止。《金瓶梅》一書因為有太多性事描寫，一般印象將之歸類為情色小説，官方並予以禁刊，但學術界多以為本書是中國古代小説中，第一部細膩深度描繪市井人物生活與情性的作品，在小説史上占有極重要的地位。

《隋煬帝豔史》

作者：齊東野人　朝代：明

敘述隋煬帝一生的風流軼事：隋煬帝自小深得文帝與母后寵愛，成長後陰險貪婪，先設計陷害太子被廢，之後趁父親病重時調戲庶母宣華夫人，氣死父王而登上皇帝位。即位後益加重視個人享樂，先是大興土木，網羅天下美女入宮，隨後突發奇想，沿途搭建行宮，往巡揚州。荒淫數月後返回洛陽宮中，後宮佳麗為獲寵幸，無不使出渾身解數。作者強調本書雖為小説但忠於史實，參了正史以及其他史料編寫而成。但故事主軸涉及太多色情、淫穢之事，為朝廷所禁行。

《歡喜冤家》

作者：西湖漁隱主人　朝代：明

全書分二十四回，每回都有一個完整的故事情節，主題幾乎全數圍繞在男女之間「不是冤家不聚首」的情愛上，因為偶雜情慾描寫，遭官方以涉淫邪查禁。然本書可謂是一部富有特色的話本小説集，在當時的書坊中頗受歡迎，屢被翻刻，部分篇章常被用以擴充改寫。但因同時期的《三言》、《二拍》光環太過耀眼，研究者對這部作品的關注相對較低。

《品花寶鑑》

作者：陳森　朝代：清

清末長篇白話小説。描述的是清代乾、嘉時期，京城的公子名士與伶人戲子之間的交遊情況，生動刻畫了男風圈裏的各種風情，作者在該書序中寫：「從前爭説《紅樓》豔，更比《紅樓》豔十分」，屬中國第一部專寫男色的長篇小説。本書不僅揭露男同性戀的生活，還不厭其煩地描述其相狎過程，朝廷以宣揚謬論、變態心理予以查禁。

延伸的書、音樂、影像
Books, Audios & Videos

《三言》（全四冊）

作者：馮夢龍　出版社：台北里仁書局，1991年

《三言》為《喻世明言》、《警世通言》、《醒世恆言》三部，一共一百二十篇。為作者蒐集宋元明時期的話本，加以整理、潤飾，或是自行取材創作的擬話本小說。話本內容題材廣泛，突破了明代以前多用士人階級為對象的傳統，轉而走入社會各個階層，使得小說的內容多元，並運用了通俗語言，對於當時人事物的描述更加細膩、生動。

《二拍》

作者：凌濛初　出版社：中華書局，2009年

為《初刻拍案驚奇》、《二刻拍案驚奇》二部，各四十卷，共計八十卷，為短篇小說集。故事內容主要取材於《太平廣記》、《夷堅志》、《剪燈新話》、《剪燈餘話》等書，是當時社會的寫照，大部分反映出婚姻自主，因果應報等思想。

《馮夢龍與侯慧卿》

作者：傅承洲　出版社：中華書局，2004年

本書透過馮夢龍的情感交往為主要線索，以人物的生平研究和文學創作研究為主要材料，用傳記體的方式，再現了當時社會的一種風貌。馮夢龍早年動心於蘇州名妓侯慧卿，但她最終選擇從良，使馮夢龍在感情上遭受打擊。這段經歷改變了馮夢龍的生活方式、人生態度及對於感情的認識，也影響到了他創作題材的主題。

《閨塾師：明末清初江南的才女文化》

作者：高彥頤　譯者：李志生　出版社：江蘇人民出版社，2005年

明末清初巨大的社會經濟和文化變遷，也促進了「才女文化」的繁榮。作者透過儒家理想化理念、生活實踐和女性視角的交叉互動，重構了這些婦女的社交、情感世界。經由婦女的生活，本書提出了一種考察歷史的新方法。

《賣油郎》

作者：錢笑呆、曹增潮　出版社：上海人民美術出版社，2005年

本書冊改編自馮夢龍的《醒世恆言》中的一篇，作者以連環畫的方式，講述了從小被人賣至青樓的煙花女子美娘，嫁給賣油郎的故事。

《珍珠衫》

導演：騰華弢　演員：陳錦鴻、蔡安蕎、李晨

電影改編自《喻世明言》裏的《蔣興哥重會珍珠衫》，2002年上映。商人蔣興哥出外經商，妻子王三巧與商人陳大郎偷歡，並且將祖傳珍珠衫贈予他。不料，蔣興哥於歸途中和陳大郎結為知已，陳大郎以珍珠衫向其炫耀他的豔遇，蔣興哥在氣憤之下，返家休妻。之後，蔣興哥捲入命案官司，已改嫁的王三巧不顧一切相救，最終二人破鏡重圓。

《贖妓》

導演：騰華弢　演員：陳嘉輝、梁小冰

電影改編自《醒世恆言》裏的《賣油郎獨占花魁》，2004年出品。油商秦重是個老實人，自幼父母雙亡，在朱家油舖做賣油的小夥計。因為勤勞誠實，老掌櫃有意將油舖的生意都交給秦重打理，但卻遭到同是夥計的邢權的陷害，被安排出外去挑擔賣油。之後偶然遇到名妓花魁娘子，被她所吸引，於是希望能幫助她贖身。

《Miss杜十娘》

編導：杜國威　演員：李嘉欣、吳彥祖、沈殿霞

改編自《杜十娘怒沉百寶箱》，導演將故事拍成具有現代意識的新派舞台劇電影，探討男女之間的真愛話題。內容描述青樓名妓杜十娘一心想從良，且希望能尋找一位可以託付終身的對象。她邂逅了書生李甲，並用盡方法來考驗他，最後杜十娘決定下嫁李甲。但懦弱的李甲卻聽信商人孫富的建議，欲將十娘賣掉換取千金，悲憤的十娘最終選擇投江自盡。

京劇《玉堂春》

故事最早記載於《警世通言》裏的《玉堂春落難逢夫》，為京劇中常見的一齣戲目。故事講述名妓蘇三和吏部尚書之子王金龍結識，改名為玉堂春。不料王金龍積蓄用盡後被鴇兒逐出，蘇三則私下贈銀兩讓他回家。王金龍離去之後，蘇三被鴇兒騙賣給山西商人沈洪作妾，妻子皮氏妒忌蘇三，故意在麵裏下毒欲將她害死，卻誤殺親夫。沈妻便誣陷蘇三下毒，蘇三被判了死罪，並提解赴太原三堂會審。王公子中進士後被任命為山西巡按，正巧遇上蘇三一案，之後蘇三冤獄平反，二人終於相守。

明華園《超炫白蛇傳》

故事《白蛇傳》最早記載於《警世通言》裏的《白娘子永鎮雷峰塔》，「水漫金山寺」則是其中最為人知的劇情。《超炫白蛇傳》是由深具台灣特色的表演團體明華園以打破傳統戲劇的手法，利用極奇幻華麗的舞台特效和聲光，營造出身歷其境般的立體空間，將各元素的藝術結晶盡展於舞台上。

經典3.0
ClassicsNow.net

末世的愛情標本 三言

原著：馮夢龍
導讀：張曼娟
2.0繪圖：擷芳主人

策畫：郝明義
主編：冼懿穎　徐淑卿
美術設計：張士勇
編輯：李佳姍
圖片編輯：陳怡慈
編輯助理：崔瑋娟
美術編輯：倪孟慧　戴妙容
邊欄短文寫作：廖惠玲
校對：呂佳真

感謝北京故宮博物院對本書之圖片內容提供特別支持與協助

企畫：網路與書股份有限公司
出版者：大塊文化出版股份有限公司
台北市10550南京東路四段25號11樓
www.locuspublishing.com
讀者服務專線：0800-006689
TEL：886-2-87123898　FAX：886-2-87123897
郵撥帳號：18955675
戶名：大塊文化出版股份有限公司
法律顧問：全理法律事務所董安丹律師

總經銷：大和書報圖書股份有限公司
地址：台北縣新莊市五工五路2號
TEL：886-2-8990-2588　FAX：886-2-2290-1658
製版：瑞豐實業股份有限公司
初版一刷：2010年9月
定價：新台幣220元
Printed in Taiwan

末世的愛情標本：三言 = Three collections of
short stories ／ 馮夢龍原著；張曼娟導讀
-- 初版. -- 臺北市：大塊文化, 2010.09
面；　公分. --（經典 3.0：011）

ISBN　978-957-0316-49-0（平裝）

857.41　　　　　　　　　　　99012711